संविधान के सिपाही

आयुष कुमार सिंह

संविधान के सिपाही

घोषणा -पत्र

यह पुस्तक एक काल्पनिक रचना है। इसमें वर्णित सभी पात्र, स्थान, घटनाएं, और संवाद लेखक की कल्पना का परिणाम हैं। यदि किसी जीवित या मृत व्यक्ति , समुदाय, संस्था , या स्थान से कोई समानता प्रतीत होती है, तो वह केवल एक संयोग मात्र है। लेखक का उद्द्देश्य किसी की भावना को आहत करना नहीं है।

आयुष कुमार सिंह

30/04/2025

नई दिल्ली

संविधान के सिपाही

कथासार

यह एक गाँव से शुरू होने वाली कहानी है, जहाँ दो छात्र संविधान में दिए गए अधिकारों को पढ़ते तो हैं, लेकिन उनका सामना असल ज़िंदगी में होने वाले भेदभाव, जातिवाद और अन्याय से होता है। वे देखते हैं कि समानता और स्वतंत्रता की बातें सिर्फ किताबों तक सीमित हैं।

शहर की ओर पढ़ाई और नौकरी की खोज में निकलने पर वे पाते हैं कि जाति के आधार पर राजनीति, शिक्षा, और सरकारी नौकरियों में भी गहरी खाई बनी हुई है। एक मोड़ पर एक लड़की के साथ हुए अत्याचार और न्याय की लड़ाई इन दोनों को फिर एकजुट करती है – एक ज्ञानयोद्धा जो शिक्षक है, दूसरा न्याय व्यवस्था में।

यह कहानी एक संघर्ष की है – संविधान के उस असली अर्थ की तलाश की जो हर नागरिक के लिए समान अवसर और न्याय सुनिश्चित करता है। यह सवाल उठाती है क्या सचमुच हम समानता और न्याय के उस आदर्श समाज की ओर बढ़ रहे हैं जिसकी कल्पना हमारे संविधान ने की थी?

लेखक: आयुष कुमार सिंह

लेखक की कलम से

जब मैंने पहली बार संविधान की किताब को खोला, तो उसमें लिखे शब्द मुझे किसी आदर्श संसार की कल्पना जैसे लगे – "समानता", "स्वतंत्रता", "न्याय" लेकिन जब ज़मीनी हकीकत से सामना हुआ, तो समझ आया कि उन शब्दों तक पहुँचना एक लंबी लड़ाई है।

यह कहानी उन लोगों के लिए है जो संघर्ष करते हैं – बिना शोर मचाए, बिना झंडा उठाए – सिर्फ़ इस भरोसे के साथ कि एक दिन बदलाव आएगा। यह उन युवाओं की कहानी है जो व्यवस्था से टूटते नहीं, बल्कि उसे समझकर उसे बदलने की ठान लेते हैं।

यह रचना समाज के हर उस व्यक्ति को समर्पित है, जिसने कभी अन्याय सहा, कभी चुप रहकर आँसू पिए, और फिर भी संविधान की किताब को थामे रखा इस विश्वास के साथ कि एक दिन यह देश सचमुच 'हम भारत के लोग' बन पाएगा।

"संविधान के सिपाही" एक कल्पना है लेकिन उस हक़ीक़त से बहुत दूर नहीं जो आज भी भारत के गाँवों, शहरों और गलियों में साँस ले रही है।

1: नया सवेरा

सूरज की लाल किरणें धीरे-धीरे आसमान के आँचल से उतरतीं और गाँव की गलियों में बिखर जातीं। हल्की ठंडी हवा के झोंके जब आम के पेड़ों की पत्तियों को छूते, तो वे सरसराते हुए जैसे कोई गीत गुनगुनाने लगते। चिड़ियों की चहचहाहट वातावरण में प्राण फूंक देती थी। यह गाँव बिहार के वैशाली ज़िले में बसा एक छोटा लेकिन शांत गाँव था जहाँ सुबह की हर घड़ी में मिट्टी की सोंधी ख़ुशबू और परंपरा की गर्माहट होती थी।

गायत्री देवी, आज सुबह-सुबह ही रसोईघर में रोटियां सेंक रही थीं। चूल्हे पर तवा तप रहा था, और आँगन में गायों के लिए सानी भी डाल रखा गया था। वे हर सुबह सूरज उगने से पहले उठतीं, घर का आँगन बुहारतीं और फिर सतीयो में प्रधान तुलसी को जल चढ़ाकर रसोई में लग जातीं। उनके चेहरे पर माँ की ममता, गृहिणी की व्यस्तता और एक किसान परिवार की आदत की झलक साफ़ दिखाई देती थी। आँगन के कोने में बंधी दो गायें

लक्ष्मी और गौरी जुगाली कर रही थीं। गायत्री देवी ने बाल्टी से सानी निकालते हुए पुकारा,

"गौरी इ लो, खा लो नहीं तो फिर कोई रहेगा नहीं देने वाला।"

इतने में घर के अंदर से एक लड़के की आवाज़ आई – "माई! उठा गया, जल्दी करो लोटा कहा है।"

आर्यन घर का इकलौता बेटा महज़ चौदह साल का था। पर उसकी आँखों में गाँव के हर रंग को समेटने की तमन्ना थी। वह चतुर, सजीव और अपने बाबा माधव सिंह पर पूरा गया था। माधव सिंह, जो गाँव के सबसे सम्मानित व्यक्तियों में एक थे, आँगन में कुर्सी पर बैठे हुक्का पी रहे थे। उन्होंने मुस्कराकर कहा, "उठ गए आजाओ मा अभी खाना बना रही है। "

आर्यन बाहर आया, चेहरे पर नींद की लकीरें थीं लेकिन आवाज़ में उत्साह था।

"माई,आज पराठा बनाओ न कल बहुत अच्छा बना था। मेरा मन कर रहा है खाने का। "

गायत्री देवी मुस्कराईं, "अरे बबुआ,पराठा रोज रोज नहीं खाना चाहिए ठीक नहीं होता ।"

आर्यन बर्तन में पानी लेकर नहाने चला गया। आँगन में धूप फैलने लगी थी। खपरैल की छत पर सूरज की किरणें चमक रहीं थीं और छत पर सूख रही मिर्चियाँ तेज़ी से लाल होती जा रही थीं। कुछ देर बाद, आर्यन नहा-धोकर तैयार होकर बाहर आया। उसके चेहरे पर नयी ऊर्जा थी। माधव सिंह उसे देखकर बोले, "बबुआ,पढ़ाई मन लगाकर करना ये वो चीज है जिससे समय बदला जा सकता है ।"

आर्यन सिर हिलाकर बोला, "बाबूजी, हमने तो ठान लिया है कि देस सेवी बनेंगे।"

इतने में उसका मित्र रवी आ पहुँचा, जो उसी गाँव का सबसे चुलबुला लेकिन दिल का साफ़ लड़का था। "आर्यन भाई! जल्दी चल नहीं तो स्कूल की घंटी बज जाएगी, और समय से नहीं पहुंचे तो मास्टर साहब मरेंगे!"

आर्यन ने किताब का थैला उठाया और बोला,"चल भाई, आज तो इंग्लिश का टेस्ट बहै। तुम्हे तो नहीं आता होगा"

रवी माथा खुजाते हुए बोला, "हमने तो सपने में पढ़ाई की थी अंग्रेजी की।तुम्हे पता है मैडम जी ऐ थी कह रही थी कि पास हो जाओगे पक्की बात।"

दोनों दोस्त हँसते हुए स्कूल की ओर निकल पड़े। गाँव के रास्तों पर बकरी चराते बच्चे, खेतों की मेड़ों पर बैठे बुज़ुर्ग और बांस की टाटी से झाँकते छोटे बच्चे सबके बीच से वे निकल रहे थे, एक सपना और उम्मीद के साथ। स्कूल जाते समय दोनों ने देखा कि पंचायत भवन के सामने कुछ लोग झुंड बनाकर खड़े हैं।

"क्या हुआ भाई?"आर्यन ने पूछा।

एक बुजुर्ग बोले, "पटना से अफसर आ रहे है शिक्षा पर जांच पड़ताल करने।"

आर्यन और रवी के चेहरे पर चमक आ गई। "यही तो अवसर है कुछ कहने का!"

इस प्रकार, सुबह की शांति अब धीरे-धीरे गतिविधियों में बदलने लगी थी। हर दिशा में कुछ न कुछ घट रहा था लेकिन एक बात साफ़ थी, आर्यन और उसके जैसे बच्चे अब सिर्फ़ गाँव के नहीं,

बल्कि आने वाले भारत के संविधान के सिपाही बनने की राह पर थे।

सुबह की घंटी अभी-अभी बजी थी। स्कूल के बाहर बच्चे अपनी-अपनी साइकिल खड़ी कर रहे थे, और मैदान में कुछ बच्चे गेंद से खेल रहे थे। गाँव का यह सरकारी स्कूल, पुरानी ईंटों से बना हुआ, दो मंज़िला था और उसके बड़े दरवाज़े के ऊपर सफेद रंग से लिखा था – "राजकीय उच्च माध्यमिक विद्यालय, परसौना"। आर्यन और रवी, दोनों रोज़ की तरह समय पर स्कूल पहुँचे थे। उनके हाथ में किताबें थीं और चेहरों पर हल्की-सी मुस्कान। जैसे ही वे अपनी कक्षा में पहुँचे, बिना देर किए सीधा अंतिम बेंच की ओर बढ़े। वहीं उनका तीसरा मित्र, आदित्य, पहले से बैठा हुआ था।

“अरे आ गए तुम लोग,” आदित्य ने हँसते हुए कहा।

“हमें थोड़ी देर हो गई माई ने कहा कि खाना खा के जाना इसीलिए,” रवि बोला और बैठ गया।

तीनों दोस्त एक ही बेंच पर, किताबें खोलकर बैठ गए। आदित्य की जाति 'अहीर' थी, जो गाँव में तथाकथित नीची जाति मानी जाती थी, लेकिन उसकी प्रतिभा में कोई कमी नहीं थी। वह पढ़ाई

में अव्वल था, और खासकर विज्ञान विषय में उसकी पकड़ जबरदस्त थी।कुछ ही देर में मास्टर साहब रमाशंकर त्रिपाठी जी कक्षा में प्रवेश करते हैं। सफ़ेद कुर्ता, हल्की धोती, आँखों पर चश्मा और हाथ में लाठी। “बच्चों! एक सूचना है,” उन्होंने कहा। “जिला शिक्षा अधिकारी आएंगे, और कुछ विद्यार्थियों से सवाल-जवाब करेंगे। हमें दो होशियार बच्चों को चुनना है जो स्कूल का प्रतिनिधित्व करें।”

कक्षा में सन्नाटा छा गया। मास्टर साहब ने बोर्ड पर नाम लिखा शिवम और आर्यन।

आर्यन ने तुरंत खड़ा होकर हाथ जोड़ा, “गुरुजी, अगर इजाजत हो, आदित्य को भी मौका मिलना चाहिए बहुत ही अच्छा छात्र है।”

त्रिपाठी जी का चेहरा तनिक सख्त हो गया। वे बोले—“क्या आर्यन! एक छोटी जात के बच्चे को अफसरों के सामने भेजेंगे क्या कहेंगे वो लोग। और जात का असर बात पर दिख जाता है।पढ़ाई से का होता है। संस्कार तो वैसे ही रहते है।?”

आर्यन की आँखों में गुस्सा तड़कने लगा। वह धीरे से बोल पड़ा– "अगर पढ़ाई से नहीं होता तो क्या जात से लोग सफल होते हेड मास्टर जी पूछे थे उनकी जात। हम नहीं जाएंगे"

कक्षा में सन्नाटा था, आदित्य की आँखें भर आई थीं। रवी के चेहरे पर भी क्रोध था। मास्टर साहब ने गुस्से में आकर कहा "ठीक है युवराज जाएगा तुम्हारी जगह।"

आर्यन ने चुपचाप अपना बस्ता उठाया, पर बाहर नहीं गया। वह वहीं बैठा रहा, लेकिन उसकी आत्मा में कोई आग जल उठी थी। आदित्य की ओर देखा तो दोनों की निगाहें एक क्षण को मिलीं एक चुपचाप शुक्रिया था, और एक सच्चे मित्र का वचन कि जब तक अन्याय है, विरोध रहेगा।

त्योरियां चढ़ाकर रवी बोला– "अरे तुमने देखा इस मास्टर को कैसे बड़े बोल बोल रहा था।"

आर्यन ने सहमति जताई और कहा "क्यों न इसे शिक्षा का पाठ पढ़ाए। की पढ़ाई क्या कर सकती है और क्या नहीं।"

रवी– "है मित्र कुछ सोच।"

आर्यन– "क्यों न सबके सामने कहा जाए जो इसने याहा कहा है।"

रवी– "मतलब"

आर्यन –"मतलब ये कि हेड मास्टर जी के ऑफिस के पास वाले कमरे में माइक रखा रहता है। वहा से माइक लेकर घोषणा करेंगे कि जितने भी छोटी जात वाले लोग है वो जांच पड़ताल का कार्यक्रम छोड़के चले जाए क्योंकि विद्यालय की सबसे वरिष्ठ शिक्षक श्री रमाशंकर त्रिपाठी जी ने कहा है कि जात का असर बात पर होता है। चाहे कितना ही पढ़ लो संस्कार तो वही रहेंगे।"

रवी –" वह रे कमाल का दिमाग लगाया है तूने तो।"

आदित्य जो इतने समय तक चुप्पी साधे बैठा था साधना तोड़ते हुए कहता है– "अरे इसकी क्या जरूरत है मां बाप मेहनत करके यहां भेजते है ये सब करने के लिए तोड़ना,और वैसे भी मास्टर से दुश्मनी मोल लेना ठीक नहीं।"

आर्यन– "तू शांत रह देखा नहीं मास्टर कैसी-कैसी बाते बोल रहा था।"

रवी ने सहमति जताई। –"और संविधान में भी तो यही लिखा है कि सब सामान है तो ये मास्टर कौन होता है असमानता फैलाने वाला। ऐसे लोगों को समानता का पाठ पढ़ना जरूरी है।"

आर्यन –"बाबा साहब के संविधान की सुरक्षा की जिम्मेदारी हमारी है और हम उसे बखूबी निभाएंगे। और संविधान के सिपाही हम नहीं बनेंगे तो कौन बनेगा।"

आदित्य कुछ न कर सका उसे और रवी ने उसकी बात को सराहा। अब बारी थी प्लान को क्रियान्वित करने की। जब बच्चे की बुद्धि इतनी तीव्र हो तो गति कितनी तीव्र होगी इसका अनुमान अत्यंत ही सरल है।

निरीक्षण कार्य शुरू हुआ विद्यालय प्रमुख के कार्यालय में सभी अधिकारी बैठे थे। हेड मास्टर सूरज साह दाई और रमाशंकर त्रिपाठी जी भी खड़े थे। आव भाव देखकर ऐसा लगता कि उनसे ईमानदार शिक्षक दुनिया में आया ही नहीं वही एक है जो गंधर्व लोक से अवतार लेकर आए है संपूर्ण ज्ञान का भंडार लिए।

अधिकारी– "लाइए शुरुआत आपके बच्चे से करते है क्योंकि वहीं है जो इस स्कूल की आत्मा है उन्हें परख लिया तो मानो विद्यालय को परख लिया।"

हेड मास्टर सूरज साह –"जी बिल्कुल ठीक कहा अपने।" और रमाशंकर त्रिपाठी को इशारा किया।

रमाशंकर त्रिपाठी ने दोनों बच्चों को लाकर सामने खड़ा कर दिया। अधिकारी ने पहला सवाल पूछा– " बताओ बेटा की ,ऑर्गेनिक और इनऑर्गेनिक रसायन शास्त्र में क्या अंतर होता है?"

तभी उसी समय एक जोरदार घोषणा हुई। "सावधान जितने भी छोटी जात के लोग है वो निरीक्षण का कार्यक्रम छोड़के चले जाए क्योंकि विद्यालय की सबसे वरिष्ठ शिक्षक श्री रमाशंकर त्रिपाठी जी ने कहा है कि जात का असर बात पर होता है। चाहे कितना ही पढ़ लो संस्कार तो जात से आते है।"

अधिकारी विस्मित हो उठे उन्होंने हेड मास्टर की ओर तीखी नजर देखा। हेड मास्टर साहब का शरीर मानो जैसे जड़ हो गया। और श्री रमाशंकर त्रिपाठी जी के साथ जो हुआ वो बताने की आवश्यकता नहीं बस इतना समझ लीजिए अगले एक महीने तक

आर्यन और उसकी कक्षा के मासूम बच्चे अपने कक्षा अध्यापक का मुंह नहीं देख पाएंगे। आज आर्यन और उसके मित्रो ने अपने मौलिक अधिकार का सही प्रयोग किया जो जानते तो सब है लेकिन कर कोई नहीं पता।

2: आर्यन के मन का द्वंद

शाम ढल रही थी। आसमान पर सिंदूरी लालिमा फैली हुई थी। गाँव की गलियों में चिड़ियों की चहचहाहट धीरे-धीरे शांत हो रही थी। आर्यन अपने कमरे में अकेला बैठा था। उसका चेहरा उतरा हुआ था और आँखें छत की ओर एकटक देख रही थीं। इन दिनों स्कूल में बहुत कुछ घट चुका था। अफसर आए थे निरीक्षण करने, और जब उन्होंने देखा कि एक मेधावी छात्र को केवल जाति के आधार पर चयन से वंचित किया गया, तो उन्होंने वहीं कड़े शब्दों में फटकार लगाई थी। "ऐसे शिक्षकों का इस देश की शिक्षा व्यवस्था में कोई स्थान नहीं!"

आर्यन के मास्टर जिन्होंने आदित्य को केवल उसकी जाति के कारण पीछे रखा था को तत्काल प्रभाव से निलंबित कर दिया गया। इस पूरी घटना ने स्कूल में हलचल मचा दी थी। आर्यन शांत था, पर भीतर बहुत कुछ उथल-पुथल मचा था। इस घटना से कई लड़कों को हिम्मत मिली अधिकारों के लिए लड़ने की। उसी खामोशी के बीच दरवाज़े पर दस्तक हुई।

“आर्यन मैं हूं ” आवाज़ हल्की थी, पर भावनाओं से भरी हुई।

आर्यन ने बिना देरी के दरवाज़ा खोला। आदित्य खड़ा था संकोच और संजीदगी के साथ। “आ जा भाई, अंदर आ जा” आर्यन ने कहा।

दोनों कमरे में आए। आदित्य चुपचाप बिस्तर पर बैठ गया। गायत्री देवी रसोई से झाँक रही थीं। उनके चेहरे पर अस्वीकृति का वही भाव था, जो हमेशा ही उनके चेहरे पर झलकता था।

“क्या वही है फिर से?” उन्होंने धीमी पर तीर-सी आवाज़ में कहा। “कैसे समझाऊं आर्यन, जात के रेखा में चलना जरूरी है।”

आर्यन का चेहरा तन गया। पर वो आदित्य को देखता रहा जो अब उठने ही वाला था।

“रुक जा ,मैं भी थक गया हूँ सबको समझते समझते” आर्यन बोला। “मैं क्यों न बताऊं सबको की तुम्हारा मन जितना पवित्र है उतना तो जनेऊ धारी ब्राह्मण का भी नहीं हो सकता।”

आदित्य की आँखें भर आईं।

“तुमने देखा न कि मास्टर का क्या हाल हुआ। अब सोच बदलनी है, हमारी दोस्ती गर्व का विषय है शर्म की नहीं।” आर्यन ने आदित्य का हाथ थामा और कहा “चल, फुलवारी में चलते है मन हल्का हो जाएगा।”

दोनो बाहर निकल पड़े। खेतों में हवा बह रही थी। दूर मंदिर की घंटियाँ बज रही थीं। तारे टिमटिमा रहे थे। दोनों मित्र एक दूसरे के कंधे में हाथ डालकर चलते जा रहे थे।

आर्यन के मन में द्वंद चल रहा था। उसने आदित्य से कहा – "मित्र ये जाती क्या होती है जिसके पीछे इतनी बड़ी महाभारत रची जाती है। और ये वर्ण क्या होता है,मैने सुना है कि इन्हीं से जाती की उत्पति हुई है।"

आदित्य गंभीर स्वर मैं कहता है –"भाई, जाती और वर्ण एक नहीं है, हा अगर माना जाए तो इसका उद्‌भव वर्ण से है।"

आर्यन –"मैं समझ नहीं पाया।"

आदित्य –"मतलब ये है कि वर्ण काम के पेशे से निर्धारित किया जाता है और जाती का निर्धारण जन्म से होता है कि हमने किस कुल मैं जन्म लिया है।"

आर्यन–"मैने सुना है वर्ण 4 प्रकार के होते है तुम मुझे समझाओगे की कैसे वरन का निर्धारण किया जाता है।"

आदित्य–"ब्राह्मणोऽस्य मुखमासीद् बाहू राजन्यः कृतः।

ऊरू तदस्य यैश्यः पद्भ्यां शूद्रो अजायत॥

इसका अर्थ है:इस सृष्टि की रचना करने वाले के मुख से ब्राह्मण उत्पन्न हुए, बाहुओं से क्षत्रिय, जांघों से वैश्य और चरणों से शूद्र की उत्पत्ति हुई।"

आर्यन–"थोड़ी गहराई से समझाओ"

आदित्य–"ब्राह्मण की उत्पत्ति मुख से होने का तात्पर्य है शिक्षा देना मधुर वादन करना। जो व्यक्ति पढ़ाने और पढ़ने का काम करता है वो ब्राह्मण है। उनका कर्म यही है कि वो सबको सही मार्ग दिखाए और खुद भी उसका पालन करे।

वही क्षत्रियों की उत्पत्ति भुजाओं से होने का तात्पर्य शक्ति से है। इनका कर्म है सभी वर्णों की रक्षा करना और राज काज का काम संभालना।

वैश्यों की उत्पत्ति जांघों से होने सा मतलब अर्थव्यवस्था से है। हर कार्य को करने के लिए धन होना अनिवार्य है। और इनका कर्म है खेती, व्यवसाय, इत्यादि जिससे राज्य व्यवस्था चलती रहे।

तब आते है शूद्र इनकी उत्पत्ति चरणों से बताई गई है।जिसका अर्थ है मूल आधार, इनका काम सेवा देना होता है। तुम्हारे घर मैं या कही भी उपयोग होने वाली वस्तु इनके द्वारा ही रचित है।"

आर्यन–"तो शूद्रों को तो उच्च स्थान प्रदान करना चाहिए क्योंकि वो ही तो मूल है मानव सभ्यता का।"

आदित्य–"हा मित्र पहले आज की तरह भेद नहीं था सब बराबर थे यही बात मैं तुम्हे समझना चाहता था मनुस्मृति नामक धर्म शास्त्र में मनु यह कह रहे हैं कि प्रारंभिक काल में (कृतयुग में) वर्ण-व्यवस्था कर्म आधारित थी – अर्थात् जो जैसा कर्म करता था, वह वैसा ही वर्ण माना जाता था। लेकिन समय बीतने पर, यानी जैसे-जैसे युग बदले (त्रेता, द्वापर, कलियुग), समाज में वर्णों का भेद और नियम बदलने लगे।"

आर्यन–"अच्छा तो ये जन्म से कैसे जुड़ गया।"

आदित्य–"ब्राह्मणों और उच्च वर्गों ने अपने ज्ञान, शिक्षा और धार्मिक अधिकारों की रक्षा के लिए वर्ण को जन्म आधारित बना दिया ताकि कोई अन्य वर्ण का व्यक्ति ब्राह्मण न बन सके। सामाजिक स्थायित्व के लिए लोगों ने समान वर्ण में विवाह को प्राथमिकता दी, जिससे वर्ण स्थायी वंश पर आधारित पहचान बन गया। और कुछ विषयीय राजाओं और उच्च वर्गों ने स्थिर शासन के लिए इस व्यवस्था को मान्यता दी, जिससे वर्गभेद पुख्ता हो गया। और जन्म ये तय होने लगा कि शिशु का वर्ण क्या है। और इसमें तो उच्च वर्ण वाले लोगों का हीत ही था तो प्रतिबंधों को भी स्थान मिला जैसे शूद्र वेद नहीं पढ़ सकता, आदि। इससे वह अज्ञान में ही रह गए और उन्हें लगा कि जो वरिष्ठ जन कह रहे हैं वही उचित है किंतु ऐसा नहीं है।"

आर्यन–"आप तो इतिहास के अच्छे जानकार मालूम होते है, चलो आज प्रण लेते है कि सबको सत्य से अवगत कराएंगे और उनका अधिकार वापस दिलाएंगे।"

आदित्य–"हा मित्र मैं भी यही प्राथना करता हूं।"

दोनों की आंखों में एक अलग ही तेज था। चलते-चलते वो गांव के मंदिर के सामने जा पहुंचे जहां मां भवानी की मंगला आरती हो रही थी दोनों ने श्रद्धा से शीश झुकाए और पूर्ण समर्पण के साथ आरती में सम्मिलित हो गए आज वो मां से एक ही वरदान मांग रहे थे अपने लक्षय को पाने का वरदान इतिहास की गलती को सुधारने का वरदान।

3: दो राहें

समय बीतता गया ज्ञान के भंडार खुलते गए। कलम चलती गई। और दोनों मित्र विद्या साधना के कठिन पर चलने को तैयार थे।

सूरज धीरे-धीरे आसमान में ऊपर चढ़ रहा था और आर्यन की आंखों में नींद का नामोनिशान नहीं था। उसकी किताबें बिस्तर के कोने पर बिखरी थीं, और उसके पास रखा 'भारतीय संविधान' का छोटा-सा पॉकेट बुक अब उसके जीवन का हिस्सा बन चुका था। दसवीं की परीक्षा अब खत्म हो चुकी थी, और अब आर्यन ने शहर के स्कूल में 11वीं कक्षा में दाखिला ले लिया था। गांव में दसवीं तक की ही पढ़ाई होती थी। आगे की पढ़ाई के लिए उसे शहर के उस स्कूल में जाना पड़ता था जो परसौना गांव से पूरे दस किलोमीटर दूर था।

हर सुबह वो साइकिल पर निकल पड़ता, खेतों की मेड़ों से होकर, नहरों को पार करता और ऊबड़-खाबड़ रास्तों से गुजरता। पर उसके चेहरे पर कभी थकावट नहीं होती थी उसके भीतर एक आग

थी आगे बढ़ने की, इसे भवानी का चमत्कार कहे या व्यक्ति की समझदारी इसका निर्णय आप पर छोड़ते है।

आर्यन ने आगे की पढ़ाई के लिए कला प्रवाह का चयन किया। हालांकि उसे अंक अच्छे थे उसे किसी भी उच्च विद्यालय में विज्ञान प्रवाह मिल सकती थी किंतु उसने इस प्रवाह को चुनाव इसलिए किया क्योंकि उसके परम मित्र आदित्य ने इस प्रवाह का चुनाव किया था।

पर इन सबमें कुछ अदूर था।एक दिन, जब वह घर से निकलने वाला था, तो उसे उसके बचपन का दोस्त रवी रास्ते में मिल गया। रवी वही था जिसके साथ आर्यन ने स्कूल में अंतिम बेंच पर बैठकर सपने देखे थे।

“रवी! तुम कहा थे अबतक। चलो दाखिला करालो साथ में पढ़ेंगे भी सभी लोगों का दाखिला हो रहा है।” – आर्यन बोला।

रवी ने सिर झुका लिया। उसकी आंखों में नमी थी।

रवि (बोझिल स्वर में) –"आर्यन, मैं अब नहीं जा सकता अम्मा के इलाज में आधे खेत बिक चुके है। अब बचे हुए खातों को मुझे ही सीचना है।"

आर्यन (विस्मित हो कर) –"पर तुम तो एक बहुत होशियार छात्र थे सदा आवाल आते थे और किताबों से तुम्हे दोस्ती थी न।"

रवि (दर्द से मुस्कुराता है) –"किताबों से मित्रता तो थी पर किताबों पेट से बड़ी नहीं हो सकती, मैं सदा तेरी मंगल कामना करूंगा।"

आर्यन कुछ बोल नहीं सका। बस, अपने दोस्त को गले लगा लिया। उस दिन की हवा कुछ अलग थी जैसे दोस्ती ने एक नया मोड़ ले लिया हो। गरीबी यही तो है जो दाने-दाने को तरसा दे। ये वो शाप है वो कुशल से कुशल व्यक्ति को भी मजदूर बना देती है। गरीब शब्द ही अपने आप में एक दोष है हर व्यक्ति दूसरे के अपेक्षा गरीब है। तभी तो कहा जाता है।

"निर्धन कहे धनवान सुखी,

धनवान कहे सुख राजा को भारी।

राजा कहे चक्रवर्ती सुखी,

चक्रवर्ती कहे सुख इंद्र को भारी।

इंद्र कहे नारायण सुखी,

नारायण कहे सुख संत को भारी।

संत कहे संतोष में सुख,

संतोष बिना सब दुनिया दुखारी।"

शाम को घर लौटते समय आर्यन के मन में एक अजीब उदासी थी। वो जानता था कि रवी की जगह वो खुद भी हो सकता था। लेकिन शायद किस्मत ने कुछ और ही लिखा था। या शायद किस्मत से बढ़कर थी मेहनत और लगन जो उसकी शिक्षा के प्रति थी।

शहर का स्कूल बड़ा था, विद्यार्थी नए थे, माहौल अलग था। आर्यन को शुरू में घुटन महसूस हुई। वहाँ के लड़के अंग्रेज़ी में बात करते, फैशनेबल कपड़े पहनते, और मोबाइल लेकर घूमते। वो अकेला था पर उसने हार नहीं मानी। वो हर दिन स्कूल में सबसे पहले पहुंचता। लाइब्रेरी में घंटों बैठा रहता। उसकी माँ गायत्री देवी, जो पहले आदित्य से उसके मिलने पर नाराज़ हो जाती थीं, अब बेटे की आँखों की चमक देखकर उसकी हिम्मत बनने लगी थीं।

"कुछ सपने आँखों में बसते हैं, कुछ खेतों की मिट्टी में दफ्न हो जाते हैं—पर जो जिंदा रहते हैं, वही परिवर्तन लाते हैं।"

4: किताबों में पलते सपने

भोर की हल्की धूप खपरैल की छत से छनकर कमरे में उतर रही थी। आर्यन की आँखों में नींद अभी भी बाकी थी, पर मन पहले ही जाग चुका था—क्योंकि उस दिन आदित्य से मिलने की बात थी। गाँव के उसी पुराने पीपल के नीचे, जहाँ कभी वे बच्चपन में गिल्ली-डंडा खेलते थे, अब वे राजनीतिक विज्ञान की किताबें लेकर बैठते थे।

आदित्य, जो अहीर जाति से था, अब आर्यन के सबसे निकटतम मित्रो में से एक बन गया था। जाति का फर्क उनके बीच कभी नहीं आया, उल्टे समाज के उलाहनों को झेलते हुए भी वे दोनों एक-दूसरे के साथ और मज़बूत होते गए।

"सुन आर्यन, तूने कल मौलिक अधिकार पढ़े थे या नहीं।" —आदित्य ने किताब खोलते ही पूछा।

आर्यन मुस्कुराया—"पढ़ा तो है बाकी तुम्हारे साथ दोबारा पढ़ाने मैं मज़ा आएगा।"

आदित्य–"अच्छा, बता मौलिक अधिकार कितने होते है।"

आर्यन–"मौलिक अधिकार 6 होते है।"

आदित्य–"बहुत बढ़िया,जानते हो पहले ये 7 थे, लेकिन 44वें संविधान संशोधन (1978) के बाद संपत्ति का अधिकार हटा दिया गया और इसे एक कानूनी अधिकार बना दिया गया।"

आर्यन–"अच्छा! तुम मूछें बाकी के अधिकार विस्तार से समझाओ।"

आदित्य–"ठीक है पहला है। समानता का अधिकार – अनुच्छेद 14 से 18

अनुच्छेद 14: सभी नागरिकों को कानून के समक्ष समानता और कानून का समान संरक्षण प्राप्त है।

अनुच्छेद 15: जाति, धर्म, नस्ल, लिंग, या जन्म स्थान के आधार पर कोई भेदभाव नहीं किया जाएगा।

अनुच्छेद 16: सरकारी नौकरियों में समान अवसर प्राप्त होंगे।

अनुच्छेद 17: अस्पृश्यता (छुआछूत) को समाप्त किया गया है।

अनुच्छेद 18: सरकार द्वारा उपाधियाँ नहीं दी जाएंगी (कुछ अपवाद जैसे शैक्षणिक या सैनिक सम्मान)।

दूसरा है। स्वतंत्रता का अधिकार – अनुच्छेद 19 से 22

अनुच्छेद 19: 6 प्रकार की स्वतंत्रता दी गई हैं:

1. वाक् और अभिव्यक्ति की स्वतंत्रता

2. शांतिपूर्ण सभा की स्वतंत्रता

3. संघ बनाने की स्वतंत्रता

4. कहीं भी आने-जाने की स्वतंत्रता

5. किसी भी व्यवसाय/काम करने की स्वतंत्रता

6. भारत के किसी भी भाग में रहने की स्वतंत्रता

अनुच्छेद 20: अपराधों के लिए सुरक्षा – दो बार सजा नहीं दी जाएगी, आत्म-आरोपण नहीं किया जाएगा।

अनुच्छेद 21: जीवन और व्यक्तिगत स्वतंत्रता का अधिकार

अनुच्छेद 21A: 6 से 14 वर्ष के बच्चों को निःशुल्क और अनिवार्य शिक्षा का अधिकार

अनुच्छेद 22: गिरफ्तारी और हिरासत से संबंधित अधिकार

तीसरा है। शोषण के विरुद्ध अधिकार – अनुच्छेद 23 और 24

अनुच्छेद 23: मानव तस्करी, बेगारी (बिना भुगतान काम), और ज़बरदस्ती के काम पर प्रतिबंध

अनुच्छेद 24: 14 वर्ष से कम आयु के बच्चों को खतरनाक उद्योगों में काम कराने पर प्रतिबंध

चौथा है। धर्म की स्वतंत्रता का अधिकार – अनुच्छेद 25 से 28

अनुच्छेद 25: किसी भी धर्म को मानने, प्रचार करने और आचरण करने की स्वतंत्रता

अनुच्छेद 26: धार्मिक संस्थाओं को चलाने का अधिकार

अनुच्छेद 27: कोई व्यक्ति धर्म प्रचार के लिए कर देने को बाध्य नहीं होगा

अनुच्छेद 28: धार्मिक शिक्षा पर नियंत्रण – राज्य के सहायता प्राप्त स्कूलों में धार्मिक शिक्षा नहीं दी जाएगी

पांचवां है। सांस्कृतिक और शैक्षणिक अधिकार – अनुच्छेद 29 और 30

अनुच्छेद 29: अपनी भाषा, लिपि और संस्कृति को संरक्षित करने का अधिकार

अनुच्छेद 30: अल्पसंख्यकों को अपने शैक्षणिक संस्थान स्थापित करने और चलाने का अधिकार

और अंतिम है। संवैधानिक उपचारों का अधिकार – अनुच्छेद 32

अगर ऊपर दिए गए मौलिक अधिकारों का उल्लंघन होता है, तो व्यक्ति सीधे सुप्रीम कोर्ट या हाई कोर्ट जा सकता है।"

आर्यन–"बाबा साहब ने कितना सोच समझकर संविधान रचा है, हर व्यक्ति सर उठाकर सम्मान से चल सकता है।"

आदित्य—"हा मित्र तभी तो डॉ. भीमराव अंबेडकर जी ने इसे संविधान की आत्मा कहा है।"

राजनीति विज्ञान अब उनका जुनून बन चुका था। किताबें ही उनकी दुनिया थीं। संविधान, समानता, स्वतंत्रता ये शब्द उनके लिए सिर्फ परिभाषाएँ नहीं, बल्कि एक सपने की तरह थे, जो वे समाज में देखना चाहते थे। गाँव में जब लोग खेतों की बात करते, ये दोनों संसद की कार्यप्रणाली और लोकतांत्रिक मूल्यों की चर्चा करते। उनकी सोच उम्र से कहीं बड़ी हो चली थी।

अब वक़्त था बारहवीं की परीक्षा का। स्कूल तो बारहवीं तक ही था, पर पढ़ाई की गंभीरता अब और बढ़ चुकी थी। गाँव के लोग कहते—"अरे इतना पढ़कर करेंगे भी क्या आखिर खेत मैं ही काम करना है।" पर आर्यन और आदित्य जानते थे कि उनकी मंज़िल खेत की मेड़ नहीं, संसद की सीढ़ियाँ हैं।

दोपहर की तपिश में भी वे घंटों पढ़ते—"नागरिक अधिकार" से लेकर "राजनीतिक संस्थाएं", सब कुछ रट गए थे। एक दिन, आर्यन की माँ ने चुपचाप देखा बाहर लू चल रही थी, और अंदर दोनों लड़के किताब में डूबे थे।

"ईंहे तो लक्षण है भवानी की कृपा के।" – उन्होंने मन ही मन सोचा।

फिर एक दिन आदित्य बोला–"ए आर्यन जब अधिकारी बनकर लौटूंगा तो सबसे पहला काम यही करूंगा कि स्कूल में कंप्यूटर लें बनवाऊंगा और लाइब्रेरी ठीक कराऊंगा।"

आर्यन की आँखों में चमक आ गई–"मैं भी यही सोच रहा था।"

भले ही समाज ने जाति के भेद खींचने चाहे, पर उनकी दोस्ती और शिक्षा का जुनून एक आम लड़ाई लड़ रहे दो सिपाहियों की तरह था जो किताबों को हथियार और कलम को तलवार मानते थे।

12वीं की परीक्षा का अंतिम दिन था। स्कूल के मैदान में हलचल थी, लेकिन आर्यन और आदिया के मन में एक अलग ही शांति थी वह शांति जो केवल कठिन परिश्रम के बाद मिलती है। दोनों ने परीक्षा बहुत अच्छे से दी थी और भविष्य की आशा उनकी आंखों में चमक रही थी।

परीक्षा केंद्र के बाहर निकलते ही आदित्य बोला, "चल भाई, अब तो छुट्टी हो गई अब चाट पकौड़ी खाएंगे।"

आर्यन मुस्कराया, लेकिन उसकी आंखों में एक अनकही थकान थी। शायद वह समझ गया था कि अब परीक्षा की तैयारी से बड़ा इम्तिहान शुरू होने वाला है ज़िंदगी का।

कुछ ही दिनों बाद, घर में सन्नाटा छा गया। आर्यन के पिता, माधव सिंह, जो खेतों से लौटते समय अचानक बेहोश हो गए थे, अब इस दुनिया में नहीं थे।

"बाबूजी अब नहीं रहे।" आर्यन की आवाज टूट रही थी। वह अपनी मां गायत्री देवी को संभाल रहा था, लेकिन खुद अंदर से हिल चुका था। घर की जिम्मेदारी अब उसके कंधों पर थी।

आदित्य दौड़ता हुआ आया। उसने आर्यन को गले से लगा लिया। "सम्भल अपने आपको यार, मैं हूँ तेरे साथ तेरे पिता जी मेरे पिताजी जैसे थे।"

अब जिसके ऊपर बिताती है वही समझता है। पछाड़े खाता है। हम यह बात बताकर आपको दुःखी नहीं करना चाहते।

कुछ ही दिन बाद परीक्षा का परिणाम आया। दोनों ने अच्छे अंक प्राप्त किए थे राज्य स्तर पर मेरिट लिस्ट में नाम था। लेकिन

अब परिस्थितियाँ दोनों को दो अलग रास्तों की ओर ले जा रही थीं।

आर्यन को अपने गाँव परसौना से विदा लेकर पटना जाना पड़ा। वहाँ वह एक वेल्डिंग की दुकान पर नौकरी करने लगा, साथ ही शाम को एक कोचिंग सेंटर में बच्चों को पढ़ाने लगा।

"बाबूजी कहते थे पढ़ाई कभी व्यर्थ नहीं जाती है।" आर्यन हर सुबह उठता और यह वाक्य दोहराता।

आदित्य, जिसने यू.पी.एस.सी. की तैयारी का सपना देखा था, दिल्ली चला गया। जाने से पहले वह आर्यन से मिलने आया।

वह बोला, "भाई मैं दिल्ली जाता हूँ, आसा है तेरे सपने को पूरा कर सकूं।"

आर्यन मुस्कराया, "जा मरे दोस्त,मां भवानी तेरी कामना पूर्ण करे।"

गायत्री देवी दूर से देख रही थीं। उन्होंने धीरे से कहा, "दोनों की दोस्ती तो मानो सगे भाई की तरह है फर्क सिर्फ कोख का है। "

आदित्य ने जाते-जाते मिट्टी की एक मुट्ठी उठाई, "मिट्टी के खुशबू दिल्ली ले जाता हूँ, आसा है जब आऊ तो इसे सवारने की कला साथ लेकर आऊ।"

5: संघर्षों की गूंज

पटना शहर आर्यन के लिए नया था। ऊँची-ऊँची इमारतें, भीड़-भाड़ भरी सड़कें और हर दिशा से आती गाड़ियों की आवाज़ें इन सबके बीच एक गाँव का लड़का, जो अब खुद को अकेला महसूस करता था।

"ये शहर बड़ा है, अक्सर ऐसी जगह से ही सफलता की पहली सीढ़ी चढ़ी जाती है।" – वह अकसर खुद से कहता।

उसने कदमकुआँ इलाके में एक छोटा-सा कमरा किराये पर लिया था। दीवारें सीलन भरी थीं, एक पंखा छत से झूलता रहता था और खिड़की पर पुराना परदा लटका हुआ था। कमरा छोटा था पर दिन भर के थके परिंदे के लिए इससे अच्छा और क्या ही हो सकता है।

सुबह 6 बजे उसकी नींद खुलती। वह बासी रोटी और चाय से दिन की शुरुआत करता। फिर वह अपने झोले में दो रोटी, एक प्याज और पानी की बोतल रखता और चल पड़ता राजा बाजार के एक

वेल्डिंग की दुकान की ओर, जहाँ वह कारीगरों से काम सीखता था।

"तेरा हाथ साफ होने लगा है बेटा, अब बस धैर्य राख" – दुकान का मालिक, मिश्रा जी, अकसर कहा करते।

दिन के 10 बजे से 4 बजे तक वह धूप, आग और लोहे के बीच वेल्डिंग करता। हाथों में छाले पड़ गए थे, पर उसने शिकायत कभी नहीं की। महीने के ₹8000 उसे मिलते थे जिसमें से ₹2000 कमरे का किराया जाता था और बाकी घर भेज देता।

शाम होते ही वह जल्दी से नहाता, कपड़े बदलता और अपने झोले में किताबें भर कर निकल पड़ता बोरिंग रोड के पास की एक कोचिंग सेंटर में। वहाँ वह गरीब बच्चों को पढ़ाता था राजनीति विज्ञान और इतिहास। प्रति क्लास ₹500 मिलते थे। महीने में लगभग 20 क्लासें हो जाती थीं एक छोटा सहारा, बड़ी जिम्मेदारियों के बीच।

शाम को वह थका-मांदा लौटता, पर जब भी मां का फोन आता, वह मुस्कराकर कहता—"हम ठीके है माई,आपने दवाइयां ले ली थी न समय से। "

गायत्री देवी जानती थीं कि बेटा हँस रहा है, लेकिन अंदर से टूटता जा रहा है। अपने हम उम्र लड़के जो बी.ए एम. ए पढ़ाने जाते थे उन्हें देखकर जो विरह जो पीड़ा वो झेलता था उसकी व्याख्या शब्दों में करना कठिन है उस उम्र में जिम्मेदारियों ने उस नौ किशोर के कंधों को जकड़ लिया था आखिर किसका मन कॉलेज जाने मस्ती करने और पढ़ने का नहीं करता होगा। बस वक्त की मार ने उसे औंधे मुंह गिरा दिया था। हर व्यक्ति जो नई पहल करता है उसका गिरना लाज़मी है पर गिरकर जो उठाना सिख गया वो मंजिल तक जरूर पहुंचेगा। और ईश्वर की दया से आर्यन को ये ज्ञान हो गया था इसीलिए उसने वेल्डिंग के काम को विराम देकर शिक्षा देने को प्राथमिकता दी अब वो हर स्तर के विद्यार्थियों को पढ़ाना शुरू कर दिया था। चाहे स्कूल के हो या कॉलेज के या फिर प्रतियोगी परीक्षा के सबको राजनीति विज्ञान और इतिहास का पाठ पढ़ता था और अब ये एक बड़े स्तर पर हो रहा था। भले वो खुद अफसर न बन पाया हो लेकिन अब कई उम्मीदवारों के लिए मसीहा बन चुका था।

अब इन सबके बीच उसने निर्णय किया कि अपना एक अलग कोचिंग इंस्टीट्यूट खोल जाय। उन दिनों जिस कोचिंग वो पढ़ाता था उसके मालिक ने फीस में बढ़ोतरी कर दी थी पर उसे पैसे सिर्फ 500 रूपए प्रति क्लास के मिलते थे और पटना में उसकी ख्याति होने के कारण उस कोचिंग में दाखिल होने के लिए सहस्त्रों छात्रों का हुजूम उमड़ता था। जिसकी फीस कई अधिक होती थी किसी अन्य कोचिंग के मुकाबले और कोचिंग वाले का बंपर मुनाफा होता था।

यही से शुरू हुई उसकी अपनी कोचिंग सिंह फाउंडेशन और क्योंकि वो गरीब का दुख समझता था इसीलिए उसने सभी उम्मीदवारों के लिए फीस सिर्फ 200 रूपए की रखी ताकि किसी और छात्र को वो दिन न देखना पड़े जो उसने देखा था। जो पीड़ा उसने सही थी वो वो किसी और को नहीं सहने देना चाहता है था। उसने मेहनत और लगन से सिंह फाउंडेशन को चलाया अब क्योंकि वो एक प्रसिद्ध शिक्षक था इसीलिए उसकी कोचिंग बुलंदियों को छूने लगी।

जिस जाती और वर्ण के भेद को मिटने का वचन उन दोनों दोस्तो ने भवानी के मंदिर के बाहर किया था उसे आज वो एक शिक्षक

बहकर पूरा कर रहा था। वो अपने विद्यार्थियों को हमेशा समानता की तालीम देता और इसके माध्यम से वो अपने विचारों को समाज के सामने रखने का प्रयास कर रहा था। और वहीं जब वो बोलता मानो स्वयं शारदा मा आकर मधुर वादन कर रही है। ऐसा आकर्षित करती बाते जैसे उसकी आत्मा चीख-चीख कर संदेश पहुंचना चाहती हो।

पर इन सबके बीच उसे हमेशा आदित्य की याद आती वो हर रात ये सोचकर सोता की हो सकता है पद अधिकारी बनने के बाद क्या वो मूछें याद करेगा या उसे साथ में किया गया वादा याद रहेगा।

एक रात आदित्य का फोन आया।

आदित्य (हँसते हुए): "क्या जो नेता जी याद नहीं आई कभी हमारी?"

आर्यन (हल्की मुस्कान के साथ): "बस यूं समझ लो कि कोई ऐसी रात नहीं बीती जिसमें मैने अपने लड़कपन के दिन याद न किए हो।, अच्छा तो तुम अपना बताओ न कि क्या हुआ तुम्हारे ऊपर यू.पी.एस.ई के पेपर का।"

आदित्य: "अभी तो नहीं हुआ है। पर मेरा राष्ट्रीय विधि विश्वविद्यालय दिल्ली मैं दाखिला हो गया है और छात्रवृत्ति भी मिलेगी।"

आर्यन: "बहुत अच्छे, ये तो एक अच्छा कदम होगा।"

आदित्य:"हां, यू.पी.एस.ई की तैयारी के दौरान कानून के प्रति मेरी रुचि बढ़ी।"

आर्यन: "बहुत अच्छी बात है, तुम्हे हमारा वादा याद है।"

आदित्य: "और नहीं तो क्या मूछें याद नहीं रहेगा तो किसे रहेगा। इसीलिए तो इतनी मेहनत कर रहा हूँ। अगर अधिकारी बना तो प्रशासन द्वारा नहीं तो अगर अधिवक्ता बना तो कानून द्वारा लेकिन वादा तो पूरा करेंगे। और तुम्हारा कैसा चाल रहा है।"

आर्यन:"मैने कोचिंग खोली है बच्चों को तैयारी करवाता हूं प्रतियोगी परीक्षाओं की और स्कूल कॉलेज की परीक्षाओं की भी किसी के माध्यम से अपने वचन को पूरा करने का प्रयास कर रहा हूँ, और आसा करता हूँ कि तुम भी अपने लक्ष्य को साध सको।"

आदित्य: "धन्यवाद मित्र, तुमने बहुत अच्छी पहल की है। चलो अब रात बहुत हो चुकी है।"

आर्यन ने फोन रखते हुए छत की ओर देखा। ये उसके लिए किसी सपने जैसा था। जिसे वो रात भर देखना चाहता था। तारों से भरा आसमान उसके संघर्षों का गवाह था।

6: जीवन की नई दिशा

शाम का वक्त था, और पटना के बोरिंग रोड पर स्थित सिंह फाउंडेशन की कक्षा में हलचल थी। आर्यन अपने चिर-परिचित अंदाज़ में ब्लैकबोर्ड के सामने खड़ा था। उसके हाथ में राजनीति विज्ञान की किताब थी, पर आज का विषय कुछ और था।

आर्यन: "तो बच्चो, आज हम समाज में अपने अधिकारों को समझने के लिए इतिहास पर नजर डालेंगे।"

अभी वह शुरू ही हुआ था कि एक छात्र, उत्कर्ष, ने हाथ उठा दिया।

रवी: "सर, पहले के लोग इतने पागल क्यों थे? छोटी उम्र में लड़कियों की शादी कर देते थे। ये कहाँ का न्याय है?"

कक्षा में हल्की हंसी गूंज उठी, पर आर्यन गंभीर रहा। उसने चॉक को मेज पर रखा और सीधे उत्कर्ष की ओर देखा।

आर्यन: "तुम्हें लगता है कि वे पागल थे? ठीक है, सोचो अगर कोई आज तुम्हारे घर में घुसकर तुम्हारी बहन को या केल को तुम्हारी बेटी को उठा ले जाए, तो क्या करोगे?"

कक्षा में सन्नाटा छा गया। सभी चुप हो गए। आर्यन की आवाज़ में गंभीरता थी।

आर्यन: "इतिहास केवल किताबों में नहीं है, वह हमारे समाज की धड़कन में बसा है।"

फिर उसने समझाना शुरू किया– "बेटा, जब मुगल और अंग्रेजी शासक भारत पर राज कर रहे थे, तो उनके सैनिक गाँवों में घुसते, महिलाओं और लड़कियों को उठा ले जाते। वे ज़बरदस्ती उन्हें अपने हरम में डालते, या गुलाम बना लेते। गरीब परिवार अपने बच्चों को बचाने के लिए जल्दी शादी करवा देते और उन्हें वहां भेज देते जहां राजपूत या राज घराने का राज हो ताकि वे सुरक्षित रहें।"

एक और छात्रा, मीरा: "लेकिन सर, यह तो औरतों पर ज़ुल्म है।"

आर्यन: "हाँ, बिल्कुल। पर ये ज़ुल्म समाज ने नहीं, बल्कि उन आक्रमणकारियों ने शुरू किया था। समाज ने तो सिर्फ अपने बच्चों को बचाने का प्रयास किया। और तुम्हे पता है इसी वजह से बहु विवाह और दहेज प्रथा पली। धीरे-धीरे यह प्रथा कुरीति बन गई। अब लेकिन हमारे समाज को भी इस बारे में सोचना चाहिए,

और मैं तो तुम सबको यही कहता हु कि कभी इसी चीजों का साथ मत देना।"

आर्यन ने ब्लैकबोर्ड पर एक रेखा खींची और उसके दोनों छोर पर दो शब्द लिखे—"स्वतंत्रता" और "असुरक्षा"।

आर्यन: "स्वतंत्रता तब होती है जब आपके पास सुरक्षा हो, और असुरक्षा तब आती है जब आपके पास कोई अधिकार नहीं। इसी असुरक्षा में हमारे पूर्वजों ने ऐसे कदम उठाए।"

छात्रों की आँखों में अब समझ थी। उन्होंने देखा कि इतिहास केवल काले और सफेद का खेल नहीं था, बल्कि उसमें सैंकड़ों रंग छिपे थे पीड़ा, संघर्ष और बलिदान के रंग।

आर्यन ने मुस्कराते हुए फिर से पूछा— "अब बताओ, क्या हम सिर्फ कुप्रथाओं को दोष दे सकते हैं, बिना यह जाने कि वे क्यों बनीं?"

सभी छात्र (एक स्वर में): "नहीं, सर!"

शाम होने लगी थी, लेकिन आर्यन का चेहरा संतोष से चमक रहा था। उसने उन्हें सिखा दिया था कि इतिहास को समझना केवल

तारीखें याद करना नहीं, बल्कि उन घटनाओं के कारणों को जानना है।

आर्यन जैसे शिक्षकों की इस संसार में आवश्यकता है, आज के समय में शिक्षकों की रुपयों के प्रति आसक्ति बढ़ चुकी है। पर आज भी ईमानदारी और ईमानदार लोग जीवित है तभी ये संसार टिका है। जिसका एक उदाहरण आर्यन है।

"जिनकी कलम तलवार नहीं, पर बदलाव का शस्त्र होती है,

जिनकी आवाज़ आदेश नहीं, पर ज्ञान की गूंज होती है,

जिनके सवाल डराते नहीं, सोचने पर मजबूर करते हैं,

वही सच्चे शिक्षक होते हैं, जो अंधकार को चिर देते हैं।"

यू ही दिन बीतते गए अब आर्यन को उसके जीवन की एक नई दिशा मिल चुकी थी। अपने तन और मन दोनों को वाग्देवी के चरणों में समर्पित कर दिया था। और अब उनके बताए पथ का पथिक था। ज्ञान की संजीवनी सबको बाटता था। जो प्राथना

विद्यालय में सुबह हम सब गाया करते थे उसको साकार रूप में प्रगट करने वाला आर्यन ही था।

पटना में शिक्षकों की कमी नहीं थी और अच्छी चीजों के साथ एक छोटी सी तरंग बुराई की भी होती है और यही हाल यह भी है। चलिए एक शाम की बात है।पटना की सड़कों पर धीमी चहल-पहल थी। आसमान पर लालिमा मद्धम पड़ चुकी थी, और सड़क किनारे लगे पीले बल्बों की रौशनी में शहर की हलचल जारी थी। आर्यन और उसके हितेषी दिनेश मिश्रा , जो कि गणित के शिक्षक थे और अब उसके घनिष्ठ मित्र भी बन चुके थे, दोनों बोरिंग रोड से होते हुए गांधी मैदान की ओर बढ़ रहे थे।

दोनों के बीच बातचीत का विषय हमेशा की तरह गंभीर था। उत्तरप्रदेश और बिहार के गाँव में व्याप्त जातिवाद पर चर्चा करते हुए आर्यन ने कहा, "मिश्रा जी, ये जातिवाद का ज़हर हमारे समाज को कहीं का नहीं छोड़ रहा। चुनाव आते ही नेता लोग जात-पात की बातें करके लोगों को बाँट देते हैं।"

मिश्रा जी ने सहमति में सिर हिलाते हुए कहा, "बिलकुल आर्यन, लोग विकास की बातें भूल जाते हैं और जात-पात की जंजीरों में

बंध जाते हैं। और नेताओं को तो अपना खजाना भरने से मतलब है।" दोनों इसी चर्चा में मग्न थे कि अचानक सड़क के दूसरी ओर हलचल मच गई।

आर्यन ने नज़र घुमाई, तो देखा कि एक चौदह साल का लड़का, जिसके चेहरे पर मासूमियत थी और हाथ में आइसक्रीम का ठेला था, किसी व्यक्ति से पैसे मांग रहा था। वह व्यक्ति, जो सफेद कुर्ता-पायजामा पहने हुए था और जिसके चेहरे पर दबंगई साफ झलक रही थी, उस बच्चे पर गरजते हुए बोला, "तू मुझसे पैसे मांगेगा? जानता नहीं मैं कौन हूँ?"

आर्यन और दिनेश मिश्रा अभी यह समझने की कोशिश कर ही रहे थे कि तभी उस व्यक्ति ने अपनी कमर से एक छोटा सी पिस्तौल निकाली और बिना किसी चेतावनी के, उस निर्दयी ने मासूम बालक के अधरों पर बंदूक टिकाई और निष्ठुरता से घोड़ा दबा दिया, जिससे उसकी मासूमियत सदा के लिए मौन हो गई।

गोली की आवाज़ से गांधी मैदान के पास की सड़क पर सनसनी फैल गई। लोग चीखने लगे, भागने लगे। बच्चे का शरीर सड़क पर

निढाल हो गया, उसकी हथेलियों से गिरी आइसक्रीम पिघलने लगी, जैसे उसकी मासूमियत पिघल रही हो।

आर्यन और दिनेश मिश्रा के पैरों तले ज़मीन खिसक गई। आर्यन का चेहरा सफेद पड़ गया, उसका कलेजा जोर-जोर से धड़कने लगा। उसने मिश्रा की बांह थामी और धीरे-धीरे पीछे हटने लगा।

"मिश्रा जी, ये ये क्या हो गया? सिर्फ पैसे मांगने पर मौत?" उसकी आवाज़ कांप रही थी।

दिनेश मिश्रा ने उसकी ओर देखा, उसकी आँखों में भी डर और गुस्से का मिश्रण था। "यह वही समाज है आर्यन, जहाँ गरीब का हक माँगना उसकी मौत का कारण बन जाता है। यहाँ ताकतवर लोगों के लिए कानून सिर्फ एक मज़ाक है।"

आर्यन की मुठ्ठियाँ कस गईं, उसकी आँखों में बेबसी और गुस्सा दोनों साफ झलक रहे थे। वह जानता था कि पुलिस इस घटना को अनदेखा कर देगी, क्योंकि वह व्यक्ति किसी राजनेता का आदमी था।

"मिश्रा जी, हमें कुछ करना होगा। इस नाइंसाफी के खिलाफ हमें आवाज़ उठानी होगी।" आर्यन के शब्दों में एक दृढ़ संकल्प था।

मिश्रा जी ने उसकी ओर देखा, "लेकिन हम करेंगे क्या आर्यन? हमारे पास ताकत नहीं है, कोई पहचान नहीं है।"

आर्यन ने दृढ़ता से कहा, "पहचान बनाने के लिए आवाज़ उठानी होती है, और आज से मैं यही करूँगा। मैं इस अन्याय के खिलाफ खड़ा होऊँगा।"

मिश्रा जी "इससे कोई फायदा नहीं कुछ ही दिनों में उसे बेल मिल जाएगी और फिर उसके परिवार वालों के लिए संकट आ जाएगा और संभवतः हमारे लिए भी, अगर कोई मदद मांगेगा तो हम तत्पर है पर अभी कुछ करना ठीक नहीं।"

मिश्रा जी ने आर्यन को संभाला और उसके घर तक छोड़ा। ये घटना इस बात का प्रत्यक्ष प्रमाण है कि हम सब सिर्फ़ अस्तित्व बचा रहे हैं भारत में, यदि हम क़ानून का सहारा लेकर अपने अधिकारों के लिए लड़ेंगे, तो सदा के लिए लड़ने योग्य नहीं रहेंगे। यह आज सिद्ध हो चुका है। बस अपने काम से काम रखते हुए हम जी रहे हैं, केवल अस्तित्व बचा रहे हैं, जीवन को जी नहीं रहे हैं।

ऐसा नहीं है कि सारे इलाके ऐसे ही कुकर्मियों से भरे है ये तो बस एक छोटी सी तरंग है। बाकी हमारा भारत महान है।

7: अनसुनी आवाजें

बिहार की उबड़-खाबड़ सड़कों से गुज़रते हुए, आदित्य की कार परसौना की ओर बढ़ रही थी। दिल्ली की भीड़भाड़ और भागदौड़ से दूर, वह अब अपने गांव लौट रहा था जहाँ उसकी जड़ें थीं, जहाँ उसके संघर्षों की कहानी शुरू हुई थी। वर्षों की मेहनत और कानून की पढ़ाई के बाद, उसने बार काउंसिल ऑफ इंडिया का परीक्षा पास कर लिया था और अब वह पटना हाई कोर्ट में वकालत की प्रैक्टिस करने के लिए तैयार था। हालांकि सपना सिविल सेवक बनने का था इसीलिए तो दिल्ली गया था संभवतः भवानी की इच्छा थी कि समाज सेवा तो अधिवक्ता बन कर भी की जा सकती है।

कार की खिड़की से बाहर देखते हुए, आदित्य को अपने बचपन के दिन याद आने लगे वही गांव की पगडंडियां, जहां उसने आर्यन के साथ सपने देखे थे। अब वह एक वकील था, न्याय के लिए लड़ने वाला, जबकि आर्यन पटना में ही संघर्ष कर रहा था।

जैसे ही वह अपने घर पहुँचा, उसकी माँ दरवाज़े पर खड़ी थीं। उनके चेहरे पर हैरानी और खुशी का मिला-जुला भाव था। "अरे बेटा, तू आ गया? बिना बताये!" उनकी आवाज़ में मातृत्व की वो गर्मी थी, जो हर थके हुए मुसाफिर के लिए सबसे बड़ा सुकून है। आदित्य ने उनके चरण स्पर्श किए, और उन्होंने उसे गले लगा लिया। उनकी आँखों में खुशी के आँसू थे।

"तू तो बड़ा हो गया, लेकिन मेरे लिए हमेशा वही छोटा आदित्य रहेगा," माँ ने उसके माथे को चूमते हुए कहा। आदित्य की आँखों में भी नमी थी। "माँ, आपका आशीर्वाद ही तो मुझे यहाँ तक लाया है," उसने मुस्कुराते हुए जवाब दिया।

माँ ने जल्दी से उसे अंदर बुलाया, उसके लिए पानी लाया, और उसके खाने की तैयारी में जुट गईं। आदित्य के लिए यह घर की वही महक थी, जो उसे दुनिया की हर दौलत से प्यारी लगती थी। चौकी पर थाली सज चुकी थी। तभी आदित्य नहाकर आता है और खाना खाने बैठ जाता है। खाने में दाल चावल और आम का आचार था जो कि आदित्य को बचपन से ही सर्वाधिक प्रिय था।

पहला कौर लेते ही मानो जैसे शव में प्राण आ गए हों "मां, इस खाने के लिए मै सालों तरसा हूँ।"

शिवपयारी देवी ने उसके सर पर हाथ फेरा "मैं तो हमेशा चाहती हूँ कि तुझे गोद में बिठाकर खिलाऊं।"

"मां कल पटना के लिए निकलना होगा, हाय कोर्ट में रिपोर्ट करना है और प्रैक्टिस भी तो शुरू करनी है।" आदित्य दैन्य स्वर में बोला।

शिवपयारी देवी: "कुछ दिन और रुक जा फिर चले जाना।"

आदित्य: "मां,यदि कल नहीं गया तो सीनियर वकील भूषण पांडे 7 दिन के लिए देहरादून चले जाएंगे।"

शिवपयारी देवी: "अच्छा तो चले जाना पर अभी खाना तो खा, और कुछ चाहिए ले आऊ क्या।"

आदित्य: "नहीं मां और कुछ नहीं चाहिए, अपने हाथ का खान मिल गया मेरी आत्मा तृप्त हो गई।"

आदित्य के लिए यह घर का वह परम पदार्थ था, जो उसे दुनिया की हर दौलत से प्यारा लगता था।

सूर्य छवि की छटक दिखला रहा था। आदित्य के घर के बाहर काले रंग की स्कॉर्पियो गाड़ी खड़ी थी जो सर्वाधिक वकीलों और प्रधान व्यक्तियों द्वारा प्रयोग में ली जाती है। भोर के 5 बजे ही वो रवाना होने को तैयार था। शिवपयारी देवी उसकी और करुणा भरी दृष्टि से देख रही थी। आदित्य ने उनसे आशीर्वाद लिया। फिर विदा लेकर पटना की ओर अग्रसर हो गया।

पटना पहुंचकर सबसे पहले उसने आर्यन को फोन किया।

आदिया: "क्यों मित्र खबर नहीं लोगे आज तुम्हारा मित्र एक अधिवक्ता के रूप में पटना होगा कोर्ट में अपने काम की शुरुआत करने जा रहा है।"

आर्यन: "वाह मेरे मित्र मुझे तुझपे गर्व है। अच्छा तो अभी कहा तक पहुंचा।"

आदित्य: "बस अभी तो हाजिरपुर पहुंचे है।"

आर्यन: "में तुम्हारे लिए स्वीट बुक करवा देता हूं। आज लांच साथ में करेंगे।"

आदित्य: "ज़रूर।"

आर्यन: "रहोगे कहा, घर ले लिया है।"

आदित्य: "वही वीरचंद पटेल रोड के पास एक फ्लैट किराए पर लिया है मेरे सीनियर भूषण पांडे साहब ने दिलवाया है।"

आर्यन: "फिर तो कोई समस्या ही नहीं है, जल्दी पधारो मुझे तुम्हारे दर्शन के लिए लालायित हूं।"

आदित्य हस पड़ा यहां से वो एक नए रास्ते पर चल पड़ा था। दोपहर 12 बजे दोनों मित्र हरीश रेस्टरां में मिलते है। दोनों में खूब बाते होती है। आर्यन आदित्य से दिल्ली की खबरें लेता है और बात चित के दौरान ये भी पूछता है कि उसने वकील बनने पहल क्यों की। आदित्य उसे सारी कहानी बयान करता है।

"में जब दिल्ली गया तो वहां मैं अपने मामा के घर पर रहा। गया तो यू.पी.एस.सी निकलने पर पहले प्रयास में असफलता मिलने के बाद मैं बहुत नीरस हो गया था। और अब तो मामा के घर में रहना मेरे लिए उचित नहीं था फिर मैने वाहा कस्टमर कॉल सर्विस का काम किया जहां मुझे ज्यादा तो नहीं पर खर्चे भर पैसे मिल जाते थे, जिससे मैं कमरे का किराया भरता था और जैसे-तैसे गुजर करता था फिर मेरी दोस्ती सूर्या से हुई जो कि अपने

परिवार के साथ वही किराए पर रहता था। वहीं सी.एल.ए.टी की तैयारी करता था मुझे जब पता चला तो मैने भी फॉर्म भर दिया और मां भवानी की ऐसी कृपा हुई कि मेरा दाखिला एन.एल.यू दिल्ली में हो गया वही जिसने मुझे इस परीक्षा के बारे में बताया उसे दिल्ली विश्वविद्यालय में दाखिला मिला उसे एन.एल.यू नहीं मिल पाया। फिर मैने कानून की पढ़ाई शुरू की दी उसे बीच मैने सिविल सेवा परीक्षा में कई बार प्रयास किए पर हर बार असफलता मिलने पर मैं निराश नहीं हुआ मैने ठन लिया कि मैं वकालत के क्षेत्र में अच्छा करूं और शायद मा भवानी की भी यही इच्छा थी फिर मैने बार काउंसिल की परीक्षा दी और मैं उसमें पहले ही प्रयास में सफल रहा अब तक मेरे पास दिशा नहीं थी पर अब मां भवानी की दया से दिसा मिल गई है और सारी शंका भी मिट गई है मैने इसे मां भवानी की इच्छा मानकर स्वीकार किया है।"

दोनों मित्रो ने आज के दिन को चाय की चुस्कियों के साथ विराम दिया। धीरे-धीरे दिन बीतते गए आर्यन बच्चों को पढ़ने में मगन था और आदित्य अपनी प्रैक्टिस में खोया था।

8: परदों की ओट में

आर्यन की संस्था "सिंह फाउंडेशन" अब असमान की ऊंचाइयों को छू रही थी। उसमें 150 से अधिक शिक्षक जुड़े थे और ढाई हजार से ज्यादा बच्चे पढ़ते थे। क्योंकि वो कम फीस लेता था और अच्छी गुणवत्ता वाली शिक्षा प्रदान करता था जिससे कई गरीब बच्चे भी उसके साथ जुड़े थे। ऐसी ही एक बच्ची थी मीरा जो उसी की तरह तीव्र बुद्धि की थी कई दिनों से कोचिंग नहीं आ रही थी। उसने एडमिशन इंचार्ज को पता लगाने को कहा। कठिन शोध के बाद पता चला कि वो 15 दिन पहले ही अपने गांव गई थी जहां से अभी तक नहीं लौटी। आर्यन ने उसके पिता के पास फोन करने का निश्चय किया।

"हैलो,मैं सिंह फाउंडेशन से बोल रहा हूँ मीरा कई दिनों से कोचिंग नहीं आ रही।"आर्यन मधुर स्वर में बोला।

"अब वो नहीं जाएगी" उधर से कोई तीव्र स्वर में बोला।

"पर क्यों" आर्यन विस्मित स्वर में बोला। पर कोई उत्तर नहीं आया फोन कट गया। आर्यन को कुछ अजीब लगा पर अब उसकी क्लास थी इसी वजह से उसने कुछ नहीं किया कल दुबारा फोन करने का निश्चय कर वो क्लास में चला गया।

संध्या के समय आर्यन का फोन बज उठा अनजाने नंबर से कोल किया गया था।

"हैलो" आर्यन के मुंह से अभी बस इतना ही निकला था कि उधर से आवाज आई "सर मैं मीरा बोल रही हूं" मीरा ने रुँधे हुए कंठ से कहा।

आर्यन: "इतने दिनों से कोचिंग क्यों नहीं आ रही, इस बार क्लियर करना है या नहीं पेपर।"

उधर से मीरा के आँखों से आँसूओं का सैलाब उमड़ पड़ा। अब आर्यन को समझ आ गया कि कोई आम बात नहीं है जरूर कुछ घट है। वो स्नेह भरे स्वर में बोला "बेटा क्या हुआ बताओ।"

लगभग दस से पंद्रह मिनट फूट-फूट के रोने के बाद फोन कट गया। आर्यन सन रह गया न तो उसके मुंह से आवाज निकल रही थी और ना ही पलके झपक रही थी। उसी बीच सन्नाटे को चीरते

हुए दिनेश मिश्रा हंसते हुए कमरे में दाखिल हुए आर्यन को स्तब्ध हुए देह वो विस्मित हो उठे उन्होंने कहा "आर्यन बाबू क्या हुआ आपको।"

तब कही जाकर उसका ध्यान टूटा वो भावुक स्वर में बोला "मिश्रा जी आप जानते है वो लड़की जिसने पिछले साल डिस्ट्रिक्ट टॉप किया था।"

मिश्रा: "हां वो मीरा।"

आर्यन: "वो कई दिनों से कोचिंग नहीं आ रही थी मैने सोचा फोन करके पूछा जाए पहले तो किसी ने फोन उठाकर कहा कि वो नहीं आएगी और अभी कुछ देर पहले उसी का फोन था उसने कुछ बताया नहीं बस रोए जा रही थी, मुझे तो चिंता हो रही है।"

मिश्रा: "ये तो बहुत चिंतनीय विषय है, दोबारा फोन लगाओ शायद कुछ पता चल जाए।"

आर्यन ने दोबारा कॉल किया फिर मीरा ने ही कॉल उठाया इस बार उसके आसू थम गए थे।

आर्यन: "क्या हुआ मीरा बेटा कोई परेशानी है, क्यों रो रही थी कोई बात हो तो बेझिझक कहो दिनेश सर भी यही पर है हम यथा संभव तुम्हारी मदद करेंगे।"

मीरा: "सर बताने लायक अब कुछ बचा ही नहीं अब बस इतना समझ लीजिए कि अब कोचिंग नहीं आऊंगी।"

आर्यन: "पर क्या नहीं आओगी क्या कारण है।"

इतनी देर में फोन दोबारा नेटवर्क से बाहर हों गया। आर्यन ने संकोच भरी दृष्टि से दिनेश मिश्रा की ओर देखा। दिनेश मिश्रा भारी आवाज में बोले "हमे उचित कारण का पता लगाना ही होगा।"

आर्यन: "मुझे बहुत चिंता हो रही है मैने अपने हर विद्यार्थी को अपने बच्चे की तरह माना है, कल उसके घर चलते है।"

मिश्रा: "अगर तुम्हे उचित लगता है तो चलते है।"

मीरा का गांव बलिया जिले में था नाम था भावन पुर। आर्यन और दिनेश मिश्रा सुबह गाड़ी से निकल पड़े करीब पचास कोस की दूरी

थी। दोपहर 1 बजे के आस-पास उनकी गाड़ी भावन पुर पहुंच गई लोगो से पूछते हुए वो मीरा के घर पहुंच गए।

घर के बाहर एक मक्खी भी नहीं भिनभिना रही थी। दिनेश मिश्रा ने आगे बढ़कर दरवाजे की अर्गला खटकाई। अंदर से एक दाढ़ीदार आदमी बाहर आया और तीव्र स्वर में बोला "कौन?"। "मीरा का टीचर हूँ।" आर्यन विनम्र स्वर में बोला। तभी पीछे से एक महिला आई उसने आर्यन को पहचान लिया और उस आदमी को पीछे कर आदर से आर्यन और दिनेश मिश्रा को अंदर बुलाया और बताने के लिए दो कुर्सियां लेकर रख दी। फिर पता चला कि वो दाढ़ीदार आदमी और कोई नहीं बल्कि मीरा के पिता राघवेंद्र यादव थे और वो महिला मीरा की मां प्रियांशी देवी सभी बरामदे में एकत्र हो गए फिर कई देर के मौन के बाद वार्तालाप शुरू हुई।

आर्यन: "हमे ऐसे आना अच्छा नहीं लगा पर मीरा कई दिनों से कोचिंग नहीं आ रही थी और कल उसका फोन आया था कुछ पता नहीं चल पाया वो काफी रो। भी रही थी।"

प्रियांशी देवी: "क्या मीरा ने आपके पास फोन किया था और क्या कहा उसने आपसे।"

आर्यन: "बात ही नहीं हो पाई वो सिर्फ रोए जा रही थी हमे चिंता हुई तो हम यहां आ गए।"

दिनेश मिश्रा: "वैसे मीरा कही दिखाई नहीं दे रही।"

राघवेंद्र यादव ने प्रियांशी देवी की और देखा।

प्रियांशी देवी: "जब नसीब खराब हो और मुंह काला हो गया हो तो कोई अपना मुंह क्यों न छुपाए।"

कहते कहते उनकी आंखों से रुधिर की धारा बह उठी।

आर्यन(विस्मित होकर): "क्यों ऐसा क्या हो गया?"

प्रियांशी देवी: "पता नहीं किस घड़ी में मैने उसे गांव आने को कहा जो ये सब हो गया।"

आर्यन का दिल जोर-जोर से धड़क रहा था "बात क्या है बताएंगी आप?" दिनेश मिश्रा ने विस्मित स्वर में पूछा।

प्रियांशी देवी (रुधिर बहते हुए): "जब वो गांव आई तो रास्ते में आते समय प्रधान कृष्णा ठाकुर के बेटे राहुल ने उसे देख लिया उसने उस पर गंदी नज़र डाली और उसका रास्ता रोकने की कोशिश की। हमारी मीरा शहर में पढ़ी थी उसे सब समझ आ गया

उसने हमसे भी बताया इस बारे में हमने कृष्णा ठाकुर से इस बारे में कहा उसने इसे यह कहकर टाला कि जवान लड़का है अब लड़की सरेआम घूमेगी तो वो क्या करे। हम इस बारे में कुछ नहीं कर पाए फिर हमने उसे पटना वापस जाने को कहा दिन में वो लड़का अपनी बुलेट लेकर पूरे भावन पुर का चक्कर लगाता था इसीलिए हमने उसे शाम सात बजे रिक्शे वाले के साथ भेजने का निश्चय किया पर जब उस दिन मीरा अपनी चाची के घर से वापस आ रही थी तो वो चांडाल राहुल और उसके दो दोस्त तीनों ने मिलकर उसके साथ हाथा पाई की और जबरन उसे उठाकर ले गए हमे पहले से ही शक था कि प्रधान के बेटे ने ही किया है। जब हम उसके घर गए तो उसका बेटा भी वहां से गायब था अब हमारा शक यकीन में बदल गया और जब हमने उसे इस बारे में बताया तो कहता है कि खुद की बेटी संभाली नहीं जाती और दूसरों के बेटों को दोष देती हो और अभी मेरा बेटा दोस्तो के साथ मनाली घूमने गया है तुम्हारी बेटी गायब है तो मैं क्या करू। हमने थाने की भी मदद लेनी चाही पर दरोगा खुद प्रधान का गुलाम था और रिपोर्ट भी नहीं लिखी कहा कि हम ढूंढने की कोशिश करेंगे और कहकर बाहर भगा दिया हम चारों ओर से निरस्त हो गए थे। हमने खुद

भी ढूंढने की बहुत कोशिश की पर कुछ फायदा नहीं हुआ हमने हार मान ली थी और ईश्वर के ऊपर सब छोड़ दिया दो दिन तक अन जल का तेज कर हम मंदिर के बाहर रो रहे थे। गायब होने के सात दिन बाद मीरा उस रात घर आई तन पर न मात्र के कपड़े और पूरा बदन छिला हुआ था। हमें खुशी हुई कि हमारी बेटी वापस आ गई पर ऐसे ये देखकर मेरा कलेजा फट गया। मीरा कुछ बोलने के हालत में नहीं थी हमने उससे पूछा पर वो हमें गले लगाकर रोने लगी पर उस रात उसे नहलाने और उपचार करने के बाद वो गहरी नींद में चली गई। हमने अगले सुबह उससे पूछने की कोशिश की और जो उसने कहा।"

कहते-कहते प्रियांशी देवी के आंखों से लाल रुधिर बह उठा और आर्यन के तो मानो छाती पर हिमालय टूट गया हो सभी के आंखों में आसुओं का सैलाब उमड़ पड़ा अपने आपको संभालते हुए दिनेश मिश्रा पूछते है "मीरा ने क्या बताया आपको?"

प्रियांशी देवी ने आंसू पोछते हुए कहा "उस चांडाल राहुल और उसके दो दोस्त केशव और रुद्र ने मिलकर उसे उठा लिया था और उसके पिता के पुराने घर में लोहे की जागीरों से बांधकर रखा था

और लगातार तीन दिन तक उसके साथ दुष्कर्म किया उसके बदन से खून निकलता रहा पर वो कहा सुनने वाले थे मीरा मछली सी तड़पती पर वो राक्षस उसके नोच रहे थे मीरा मूर्छित हो गई थी जब उन राक्षसों को लगा कि वो मर चुकी है तो उसे जंगल में सियारो के बीच छोड़ दिया मीरा जैसे तैसे यहां तक आई ये तो मां भवानी की दया थी कि वो अभी जीवित थी।"

दिनेश मिश्रा: "आपने उस प्रधान के बेटे के खिलाफ कंप्लेन क्यों नहीं की।"

प्रियांशी देवी: "हमने किया पर थाने वाले किसी का नाम नहीं लिख रहे थे कहते है सबूत लेकर आओ पर असली वजह ये थी कि वो प्रधान से डरते थे। और समाज के लोगों ने भी मेरी बेटी को ही चरित्र हैं कहा।"

आर्यन(रुंधे कंठ से): "वो हमारी बेटी है हम इस लड़ाई को लड़ेंगे।"

मीरा के माता पिता के आंखों में बेचैनी थी।

दिनेश मिश्रा: "अभी मीरा कहा है।"

राघवेंद्र यादव जो अब तक मौन साधे बैठे थे अपनी तर्जनी उंगली से एक कमरे के ओर इशारा किया कमरा अंधेरा में डूबा था। वहीं कोने में मीरा पड़ी थी आंखों से स्वतः ही बूंद-बूंद जल टपक रहा था आर्यन के कदमों की आहट से वो जान गई और उठकर बैठ गई। आर्यन उसकी ये दैन्य दशा देखकर रो पड़ा और मीरा भी उसके गले लिपटकर रो पड़ी और कहने लगी "जो हुआ उसे भूल जाना चाहती हूँ।"

आर्यन उसके सर पर हाथ फेरते हुए कहता है "हम तेरे साथ है बेटी उस राक्षस को उसकी असली जगह दिखेंगे।"

यह करुण दृश्य देख कर तो अब मां भवानी भी दुखी है कि कैसी ये दुनिया उन्होंने रची जगदम्बा के नाम पर विश्व पूजता है जहां ब्रह्मा, विष्णु और शिव भी शीश झुकते है ये दानव उस श्री स्वरूप स्त्री का दमन कर रहे है। जिस बेटी को मा बाप ने जतन से पाला ये भेड़िए उसे नोच खाते है पर ये दूर भाग्य है उस माता का जिन्होंने इस राक्षस को जन्म दिया माता को चाहिए कि जब उसका पुत्र दानव बने तो स्वयं काली बन उसका संहार करे यही मां भवानी की इच्छा है।

माता पिता के मन की व्यथा,

अंधेरों में तेरा चेहरा, रोशनी की आस था, तू थी मेरी गोद में, मेरा सारा संसार था। तेरे मासूम सवालों में, जन्नत का अहसास था, बिटिया तेरी मुस्कान, मेरी सबसे खास थी।

तेरी नन्ही उँगलियों ने जब पहली बार पकड़ा हाथ, माँ की गोद, पिता की बाहों में बसा संसार था सारा। तेरी खिलखिलाहट में छुपा था हमारा सारा जहान, तेरी आँखों में दिखता था सपनों का खुला आसमान।

पर इस बेरहम दुनिया का चेहरा बदलने लगा, तेरे सपनों का इन्द्रधनुष काला पड़ने लगा। जहाँ तुझे महफूज रखना था, वहाँ साए काले थे, जहाँ तेरी हँसी गूँजनी थी, वहाँ मातम के प्याले थे।

जो कहते थे तू लक्ष्मी, वही घूरते तेरे बदन को, जो देते थे दुआएं, उन्हीं की नजरों में थी विष के खजाने। हर कदम पर सवाल, हर साँस पर पहरा, तेरी आज़ादी को नोचता ये समाज का चेहरा।

एक दिन वो अंधेरा आया, जब लौटी तू खामोश, आँखों में सूनापन और न होंठों पर कोई जोश। तेरे सपने बिखर गए, तेरी आवाज़ दब गई, और माँ-बाप के आँगन में, वो कली जल गई।

तू चीखी, पुकारी, पर कोई सुन न सका, तेरे अरमानों को कुचलता ये जहां थम न सका। जिसे पाल कर हमने सींचा अपने लहू से, वही दुनिया तुझ पर कहर बन कर टूट पड़ी।

आज तेरी तस्वीर को सीने से लगाए हम रोते हैं, तेरी हंसी को याद कर अश्रु बनते नहीं सोते हैं। ये दुनिया, जो तुझसे उजाले मांगती थी, वहीं तेरी मुस्कान का गला घोंट कर सोती है।

ऐ आसमान, बता! कहाँ गई वो नन्ही परी, जिसे हमने हर तूफान से बचा कर पाला था? क्या यही था उसका नसीब, यही उसका जीवन, जिसे हमने हर दुआ में माँगा, हर पूजा में सवारा था?

हे समय! मेरी गुहार है, वापस कर दे मेरी रौशनी, या फिर इस दुनिया से हर नारी की बेबसी मिटा। जिन्होंने नोची उसकी मासूमियत, वो भी हंसे, और हम, उसके बगैर, सूखी आँखों से बहते रहें।

आर्यन और दिनेश मिश्रा दोनों ने मीरा के माता-पिता की सहायता करनी चाही पर वो मानने को राजी नहीं थे डरते थे सामाजिक दबाव से और प्रधान की शक्तियों से पर आर्यन ने जैसे-तैसे कर उन्हें समझाया और आश्वासन दिया कि न्याय जरूरी है। और डरते-डरते इसके लिए मान गए और अब बारी थी युद्‌ध की।

9: युद्ध की तैयारी

सूर्य अपने आवास की ओर चल पड़े थे दिन भर के थके अपनी सुनहरी किरणों को समेटते अब उनका दर्शन नव दिवस पर ही होगा ठीक इसी प्रकार आर्यन और दिनेश मिश्रा दिन भर के थके हारे कोचिंग के हॉल में बैठे थे भावन पुर से पटना आते-आते साईं काल हो चला था। मीरा के विषय पर चर्चा करते हुए कार्य योजना बना रहे थे जिससे न्याय प्राप्त किया जा सके दोनों गहरे चिंतन में डूबे थे कि सहसा आर्यन उमंग से बोल उठा "क्यों न इस मामले मेरे दोस्त आदित्य से परामर्श करे वो एक वकील है हाई कोर्ट में।"

"ये बहुत ही अच्छा निर्णय किया अपने।" दिनेश मिश्रा की आंखें चमक उठी।

आर्यन ने बेझिझक फोन लाया "हेलो" पहले ही रिंग में आदित्य ने फोन उठा लिया "हां भाई बोल कैसा है।"

आर्यन: "आज पहली बार कुछ मांगने जा रहा हूँ, निराश मत करना।"

आदित्य: "नहीं मित्र तुम मेरे लिए मेरे भाई हो विनती मत करो हक से मांगो।"

आर्यन: "मेरी एक बच्ची है मीरा नाम की उसके।"

कहते-कहते उसके आंखों से आंसू छलक उठे।

आदिया: "क्या हुआ भाई।"

आदित्य ने विषय की गहनता को भाप लिया, आर्यन खुद को संभालते हुए कहता है।

आर्यन: "दुष्कर्म का मामला है।"

आदित्य: "मैं इस मामले को लड़ूंगा।"

आर्यन: "सच, लेकिन वो तुम्हारी फीस नहीं दे पाएंगे।"

आदित्य: "हा बिल्कुल मैं मुफ्त में लड़ूंगा,आखिर बहन बेटी के लिए न लाड़ू तो इतनी मेहनत का क्या फायदा मां भवानी से क्या मुंह दिखाऊंगा बचपन में हमने वचन दिया था संविधान की रक्षा का तो वो तो निभाना ही पड़ेगा।"

आर्यन: "मुझे तुम्पर गर्व है, मेरे शब्द कोश में अब शब्द नहीं बचे।"

आदित्य: "ठीक है तुम मुझे उसकी सारी जानकारी दो।"

आर्यन: "बलिया के भावन पुर गांव की घटना है तीन मुजरिम है राहुल,केशव और रुद्र।"

आदिया: "पूरा घटना क्रम समझा सकते हो।"

आर्यन ने पूरी घटना को विस्तार से समझाया ठीक प्रियांशी देवी की तरह, जिसमें उसने सभी मुख्य घटनाओं का स्पष्ट और व्यापक वर्णन किया। यह घटना एक दुखद घटना थी, जिसमें एक लड़की के साथ दुष्कर्म हुआ था। आर्यन ने बताया कि इस अमानवीय कृत्य में तीन अपराधी शामिल थे—राहुल, केशव और रुद्र। उसने घटना के प्रारंभ से लेकर उसके विकास और परिणाम तक की सभी पहलुओं को स्पष्ट रूप से प्रस्तुत किया। आर्यन के विवरण में स्थितियों का सटीक चित्रण, पात्रों के व्यवहार का वर्णन और घटनाओं के क्रम का यथार्थपूर्ण विवरण था, जिससे आदित्य को पूरी घटना समझने में आसानी हुई। उसकी व्याख्या के माध्यम से, आदित्य को न केवल घटना का मूल अर्थ समझ

आया, बल्कि उसके पीछे छिपे कारण और उसके भयावह प्रभाव भी स्पष्ट हो गए।

आदित्य के होश उड़ गए उसने हैरानी से पूछा "क्या तुमने पुलिस में इसकी शिकायत की।"

आर्यन: "नहीं भावन पुर के थाने वाले ने कंप्लेन नहीं लिखी न तो गायब होने की और न ही इस दुष्कर्म की।"

आदित्य: "ठीक है तो हम कल भावन पुर चलेंगे।"

आर्यन के मन में एक अजीब सा सुकून था जिसे शब्दों में उकेरा नहीं जा सकता।

सुबह का दृश्य मनमोहक था। सूरज की सुनहरी किरणें आकाश में हल्का गुलाबी और नारंगी रंग बिखेर रही थीं। हल्की ठंडी हवा पेड़ों की शाखाओं को धीरे-धीरे हिला रही थी। पक्षियों का मधुर कलरव वातावरण को और सुरम्य बना रहा था। इस मनोहर वातावरण के बीच आर्यन और दिनेश मिश्रा आदित्य के साथ भावन पुर को रवाना होने को तैयार थे। ये उस युद्ध की तैयारी है जो सदियों से चल आ रहा है और एक स्त्री को न्याय दिलाने का युद्ध। तीनों गाड़ी में बैठे और भावन पुर की ओर चल पड़े।

भावन पुर में आज चहल पहल थी लोग अपने घर के बाहर बैठे थे कोई अपनी गए को सेवता। कोई खेत की और जाता तो गप्पे मारता। इसी चहल कदमी के बीच आदित्य की गाड़ी दाखिल हुई काली रंग की और साथ में अधिवक्ता की सरकारी चिन्ह के साथ पूरे गांव में हल-चल मची और लोग गाड़ी को एक नज़र निहारने को मजबूर हो गए। दृढ़ता से आगे बढ़ते हुए गाड़ी राघवेंद्र यादव के घर के बाहर रुकी ये तो लोगों के लिए एक और आश्चर्य की बात थी। कई प्रकार की बातें बनने लगी उन तीनों ने किसी पर ध्यान न दिया और घर की चौखट की ओर अपने कदम बढ़ाए।

दरवाजा खोलने मीरा के पिता आए आज ऐसा अदर सत्कार हुआ जैसा सबरी जी ने राम जी का किया था तीनों बिना कुछ बोले मीरा के कमरे की और बढ़े हमेशा की तरह गहरा अंधेरा था मीरा बे सुध पड़ी थी। तीनों के प्रवेश के साथ ही मीरा चौक उठी उसने आश्चर्य से आर्यन की और देखा उसके मन में आसा की एक किरण जाग उठी पर साथ ही एक अजीब सी बेचैनी भी। आर्यन में मीरा के सिर पर हाथ फेरते हुए और आदित्य की ओर संकेत कर कहा। "बेटे ये वकील साहब है।, तुम्हारे साथ जो भी हुआ वो इन्हें बताओ सब

कुछ देखो मैं जानता हूं कि ये आसान नहीं है पर बुराई के खिलाफ लड़ना ही सबसे बड़ी वीरता है और उन चांडालों को सजा भी तो दीवानी है।"

मीरा असहज थी और दुनिया की हर लड़की के लिए ये परिस्थित कठिन होती है। आदित्य और आर्यन ने मीरा को मनाया उसने पहला शब्द कहा ही था कि आसुओं की धारा स्वतः ही बहने लगी आदित्य ने कुछ समय बाद बयान लिखने की सलाह दी। और तीनों बाहर आ गए राघवेंद्र यादव और प्रियांशी देवी दोनों चिंता में डूबे थे हाथ पाओ सूझ गए थे।

अभी बैठे लगभग दस मिनट हुए थे पूरे प्रयांगण में सन्नाटा पसरा था इसको भंग करते हुए मीरा अपने कमरे से बाहर आई और दैन्यता से कहा "मैं क्या करू हर जगह से हार जाने के बाद मन में निराशा समा गई है यदि आप भी प्रयास करना चाहते है तो आपका धन्यवाद।" महीने भर में पहली बार था जब मीरा अपने कमरे से बाहर आकर बैठी और अपने मुंह से कुछ बात की अन्यथा वो सदा माहा मुनि की भांति शांत रहती पर ये शांति

काम,क्रोध,लोभ,मोह,मद और अहंकार इन सभी से अनेक गुणा खतरनाक है।

आदित्य: "बेटी हम तुम्हारी लड़ाई में भाग लेने आए है और ये सिर्फ तुम्हारी नहीं उन सभी लड़कियों की है जिनके साथ उन दरिंदो ने ये कुकृत्य किया है।"

आर्यन: "और बेटे तुम हार मत मानो हम सत्य के साथ है और सत्य की सदा जीत होती है।"

सभी के चहरों पर मुस्कान आ गई मीरा का मन अब और सशक्त हो उठा उसने अपनी सारी आपबीती आदित्य को कह सुनाई बोल लड़खड़ा रहे थे पर मन में दृढ़ता थी। आदित्य ने सारे घटना क्रम को लिपिबद्ध कर दिया तत्पश्चात आदित्य ने उत्साहपूर्वक आर्यन की ओर दृष्टिपात किया और कहा, "आओ, अब पुलिस थाने प्रस्थान करें।"

दोनों मीरा और उसके पिता को लेकर थाने की ओर चल पड़े और दिनेश मिश्रा मीरा के घर पर प्रियांशी देवी की सुरक्षा के लिए रुक गए।

आदित्य अपनी गाड़ी से थाने पहुंचा जिसपर 'अधिवक्ता' अंकित था, उसकी गाड़ी देखते ही पुलिसकर्मी अकस्मात चौंक गए और भयभीत हो गए, क्योंकि यह पहला अवसर था जब कोई पेशेवर अधिवक्ता वहाँ आया था। जैसे ही वह गाड़ी से बाहर निकला, सभी को ज्ञात हो गया कि वह उच्च न्यायालय का अधिवक्ता है। यह सुनते ही थाने में उपस्थित सभी पुलिसकर्मियों में हलचल मच गई, क्योंकि उन्होंने उस मामले में शिकायत दर्ज नहीं की थी। आदित्य ने सीधे पुलिस थाना अधीक्षक (एस एच ओ) के पास शिकायत प्रस्तुत कर दी और धमकी देते हुए प्राथमिकी (एफआईआर) दर्ज करवाई, जिससे मामला आरंभ हुआ। यह युद्ध का प्रारंभ था, इसी के साथ युद्ध का शंखनाद हुआ अब आगे की लड़ाई पराक्रम से लड़नी थी।

10: धर्म युद्ध

धर्म वही है जिसे धारण किया जा सके और इसी कड़ी में आगे बढ़ते हुए आदित्य और आर्यन ने न्याय और मानवता को धारण किया है यही उनका धर्म है और इसकी रक्षा के लिए वे युद्ध लड़ने को तैयार है।

आज इस कली काल में हर व्यक्ति को विचार करना चाहिए कि हम कौन है और क्या कर्तव्य है हमरा।

न हमसे है कोई मज़हब,

न कोई जात बतानी है।

हम तो उस प्रभु के सेवक हैं,

जिसकी रचना यह सारी कहानी है।

न हम हिंदू, न मुस्लिम कहाएंगे,

न पंथों में बँध जाएंगे।

हम तो प्रेम की बात करेंगे,

सच और इंसानियत की राह चलेंगे।

न मंदिर, न मस्जिद में बँध पाएँ,

न गुरुद्वारों की दीवार बन जाएँ।

हम तो हर दिल में ईश्वर देखें,

हर स्त्री में माँ का दर्शन पाएँ।

नास्तिक या आस्तिक नहीं कहलाना,

बस सत्य और करुणा को अपनाना।

हम नफ़रत को हर कोने से मिटाएँगे,

और प्रेम का दीप हर दिल में जलाएँगे।

हम जगत की जननी के व्रती हैं,

जो धरती को स्वर्ग बनाने निकले हैं।

ना शस्त्र, ना शब्द से लड़ते हैं,

हम तो नीति, निक्की और नीयत से जीतते हैं।

आदित्य और आर्यन ने अपने अंदर के पुरुष को अपने पुरुषार्थ से जगा लिया और अब दृढ़ता से रण में खड़े है। हालांकि प्रधान कृष्णा ठाकुर ने उन्हें कई प्रकार की धमकियां दी मामला दबाने की कोशिश की पर ये योद्धा की तरह डटे रहे।

आज इस मामले की सुनवाई बलिया के सत्र न्यायालय में होनी थी। मीरा और आदित्य के साथ उसके माता-पिता और आर्यन भी न्यायालय पहुंचे थे। सुनवाई शुरू हुई आदित्य ने अपनी वाक कला के माध्यम से सत्य का परिचय न्यायाधीश को दिया किन्तु विपक्ष ने मीरा को गलत साबित करने में कोई कमी नहीं छोड़ी उन्होंने गवाहों की कतार खड़ी कर दी रुपयों के बदौलत किन्तु आदित्य ने वाक सिद्धि के माध्यम से सभी गवाहों को झूठा साबित कर दिया।

मामले की पहली सुनवाई के बाद ही राघवेंद्र यादव को धमकी भरे फोन और मैसेज आने लगे कई बार हमले भी हुए यही वजह थी

कि दिनेश मिश्रा ने पटना जाकर सिंह फाउंडेशन को संभालने का निश्चय किया और मीरा को भी पटना ले गए और मीरा स्टूडेंट हॉस्टल में रहकर अपनी पढ़ाई जारी रखने का असफल प्रयास करती रही।

एक के बाद एक तारीखें आती रही आर्यन और आदित्य ने सारी अदालत की तारीखें झेली पर राघवेंद्र यादव और प्रियांशी देवी के माथे पर लकीरें उभर आई थी न्याय के लिए तरसते ये दोनों अब टूट गए थे पर आर्यन और आदित्य ये दोनों अडिग थे आज की सुनवाई के बाद राहुल और उसके दोनों दोस्त केशव और रुद्र तीनों को रिमांड पर ले लिया गया और बेल कैंसिल कर दी गई। ये जीत का सूचक था।

पिछली तारीख पर राहुल, केशव और रुद्र तीनों अपराधियों की गिरफ्तारी हो चुकी थी। यह समाचार जब गांव के प्रधान कृष्ण ठाकुर के कानों तक पहुँचा, तो उसके भीतर की आग फूट पड़ी। गुस्से की आग ने उसे पागल बना दिया। न्याय की लड़ाई को कुचलने के लिए उसने कायरता का रास्ता चुना। उसी रात, अंधेरे की ओट में, उसने मीराबेन के घर को आग के हवाले कर दिया।

परंतु भवानी की कृपा थी, शक्ति जो अन्याय के खिलाफ खड़ी थी प्रियांशी देवी और राघवेंद्र यादव समय रहते उस धधकते नर्क से बच निकले। उनके चेहरे राख से ढँके थे, पर उनकी आंखों में अभी भी इंसाफ की ज्वाला थी। उसी रात आर्यन उन दोनों को लेकर पटना निकल पड़ा। गाड़ी की खिड़की से झांकते हुए वे लोग पीछे छूटते गांव को देख रहे थे, जहां राख में सुलगती थी मीरा की चुप्पी, पर अब न्याय की लड़ाई और तेज़ होने वाली थी।

आदित्य भी उनके साथ ही पटना चल पड़ा, कंधे पर केस की फाइलें थीं, और मन में प्रतिज्ञा– "अब न रुकूंगा, न झुकूंगा, मीरा का नाम मिटने नहीं दूंगा।"

बलिया जिला न्यायालय से उन्हें वह न्याय न मिल सका जिसकी आशा में उन्होंने वर्षों की तपस्या की थी। गवाही, सबूत, और गुहार के बाद भी जब न्याय अंधा बना रहा, तो आदित्य ने हार नहीं मानी। वे अपनी पीड़ित बहन मीरा, और पूरे गांव की अस्मिता के लिए लड़ने निकल पड़े। केस की अपील लेकर वे पहुँचे इलाहाबाद उच्च न्यायालय, जहाँ उन्होंने नई उम्मीदों के साथ दस्तक दी। परंतु वहां भी राजनीतिक दबावों और प्रभावों ने

सच्चाई की आवाज़ को दबा दिया। तब जाकर उन्होंने अपने कदम मोड़े देश की सर्वोच्च अदालत, सुप्रीम कोर्ट की ओर जहाँ न कोई जाति, न कोई पद, केवल संविधान बोलता है। और वहीं, वर्षों की पीड़ा, संघर्ष, और असहायता के बाद उन्हें न्याय मिला। वह सिर्फ एक फैसला नहीं था, बल्कि सच के लिए लड़ते हर इंसान की जीत थी।

आज देश के सर्वोच्च न्यायालय के बाहर आज अजीब सन्नाटा था। शायद भीड़ भी जान चुकी थी कि यह कोई आम तारीख नहीं– "अंतिम तारीख" थी। अदालत के भीतर कक्ष संख्या 6 में वो सभी मौजूद थे जिनकी ज़िंदगी पिछले एक वर्ष से एक निर्णय पर टिकी हुई थी।

मीरा जिसका बचपन, स्वाभिमान और स्वप्न तीन दरिंदों–राहुल, केशव और रुद्र ने उस दिन छीन लिए थे जब उसे ज़बरदस्ती उसकी मर्जी के खिलाफ गाड़ी में डालकर उठा ले जाया गया, और पूरे दिन उसे कैद में रखकर दुष्कर्म किया गया।

न्यायाधीश महोदय ने शांत स्वर में निर्णय पढ़ना शुरू किया—

“इस अदालत के समक्ष यह सिद्ध हुआ है कि राहुल, केशव और रुद्र ने भारतीय दंड संहिता के अंतर्गत निम्न अपराध किए हैं—

1. BNS धारा 63 — बलात्कार

2. BNS धारा 64(2) — सामूहिक बलात्कार (गैंगरेप)

3. BNS धारा 66 — पीड़िता के साथ क्रूर और अमानवीय यौनाचार

4. BNS धारा 69 — बंधक बनाकर यौन उत्पीड़न करना

5. BNSS धारा 137 — पीड़िता का अपहरण

6. BNS धारा 73 — जान से मारने की धमकी देना

7. BNS धारा 302 के प्रयास के अंतर्गत — जानलेवा कृत्य का प्रयास (यदि दुष्कर्म के दौरान हत्या की मंशा हो)

इस अदालत द्वारा इन तीनों आरोपियों को दोषी मानते हुए आजीवन कारावास की सज़ा सुनाई जाती है। न्याय की रक्षा के लिए यह आवश्यक है कि ऐसे अपराधियों को समाज से पूर्णतया अलग रखा जाए।”

अब बारी थी ग्राम प्रधान कृष्णा ठाकुर की—जिसने पिछले सप्ताह मीरा के घर को जलवाया, सिर्फ इसलिए क्योंकि उसके गांव की किसी लड़की ने न्याय के लिए आवाज़ उठाई थी।

"कृष्णा ठाकुर ने एक जिम्मेदार पद पर होते हुए आगजनी और जानलेवा हमले जैसे जघन्य कृत्य किए।

1. BNS धारा 308 – जानलेवा हमला

2. BNS धारा 326(1) – आग द्वारा शारीरिक क्षति पहुँचाने का प्रयास

3. BNS धारा 285 – दंगा और सामाजिक हिंसा को प्रोत्साहित करना

कृष्णा ठाकुर को दो वर्ष के कठोर कारावास की सज़ा दी जाती है।"

अदालत की हथौड़ी की आवाज़ के साथ फैसला लिखित रूप में घोषित कर दिया गया। मीरा, जो आज भी पीछे खड़ी थी, उसकी आंखों में आंसू थे पर वे दर्द के नहीं थे। यह आंसू न्याय के थे, गर्व के थे।

प्रियांशी देवी ने आदित्य का हाथ थामा और धीमे से कहा: "बेटा, आज तूने सिर्फ मीरा के लिए नहीं, हर उस बेटी के लिए लड़ाई जीती है जो खामोश थी।"

बाहर पत्रकार खड़े थे, कैमरे चमक रहे थे मगर इस बार कोई बयान नहीं दिया गया। क्योंकि जब न्याय गूंजता है, तब शब्द कम पड़ जाते हैं।

आर्यन और आदित्य सच में संविधान के सिपाही है। उन्होंने मां भवानी को दिया अपना वचन पूरा किया।

11: नया सवेरा

परिवर्तन प्रकृति का नियम है हर अमावस के बाद नई सुबह होती है। आज पटना की एक शांत सुबह थी। आसमान में हल्के बादल छाए थे, मानो प्रकृति भी मीरा की नई यात्रा का स्वागत करने को आतुर थी। वर्षों तक चले संघर्ष, आँखों में तैरती अनगिनत बेचैन रातों और दर-दर की ठोकरों के बाद अब उसकी जिंदगी ने नई करवट ली थी।

मीरा अब पटना में पढ़ाई कर रही थी। दिन-रात उसने किताबों में खुद को डुबो दिया। कक्षाओं से लेकर लाइब्रेरी तक, वह एकमात्र लक्ष्य के साथ जी रही थी खुद को साबित करने का। वह जानती थी कि दुनिया ने उसे कमज़ोर समझा है, लेकिन उसे साबित करना था कि वह टूटी नहीं, बल्कि और मजबूत होकर निकली है।

कई वर्षों की कड़ी मेहनत, परीक्षा की तैयारी और आत्मबल के साथ आख़िरकार वो दिन आया मीरा का चयन भारत सरकार के आयकर विभाग में इंस्पेक्टर पद पर हो गया। उसकी पोस्टिंग दिल्ली में हुई। वह ख़बर किसी दिव्य आशीर्वाद से कम नहीं थी।

जब उसने यह ख़बर आर्यन और आदित्य को सुनाई, तो दोनों की आँखों में आँसू आ गए मगर इस बार ये आँसू दुख के नहीं, गर्व और विजय के आँसू थे।

मीरा को दिल्ली रवाना होने से ठीक एक दिन पहले राखी का त्योहार पड़ गया। सुबह-सुबह उसने अपने छोटे से कमरे को फूलों और धूपबत्ती की सौंधी खुशबू से महका दिया। पूजा की थाली सजाई, उसमें राखी, चंदन, मिठाई और अक्षत रखे। आर्यन और आदित्य दोनों को उसने अपने हाथों से राखी बाँधी।

"भैया मेरे जीवन की डोर आपके साहस और विश्वास से बंधी है। आज मैं जो कुछ भी हूं, वो आपकी वजह से हूं," मीरा ने भावुक होते हुए कहा।

आदित्य की आँखों से आँसू बहने लगे। वह बोला, "मीरा तू सिर्फ मेरी बहन नहीं, इस देश की असली शक्ति है। आज तूने हमारी सारी तपस्या को सफल कर दिया।"

आर्यन ने उसका सिर सहलाते हुए कहा, "मैंने तुझे बेटी की तरह पाला है। सदा सच्चाई के मार्ग पर चलना। दिल्ली तेरा इंतज़ार

कर रही है जा और उन्हें दिखा दे कि न्याय की देवी जब कलम थामती है, तो तलवार से भी तेज़ वार करती है। "

मीरा ने दोनों भाइयों के चरणों को स्पर्श किया और आशीर्वाद लिया।

अगली सुबह स्टेशन पर सन्नाटा था, लेकिन मीरा के भीतर शंखनाद गूंज रहा था। वो हल्के नीले रंग का सूट पहने, हाथ में छोटा-सा बैग थामे प्लेटफॉर्म पर खड़ी थी। ट्रेन के आने की घोषणा हुई। आर्यन ने उसका बैग उठाया और आदित्य ने उसके कंधे पर हाथ रखा।

"कभी थक जाए तो याद रखना, तुझमें हमारी हिम्मत है," आदित्य बोला।

मीरा मुस्कराई वह मुस्कान दर्द से निकलकर आयी थी, पर अब विश्वास से भरपूर थी। मीरा और उसके माता-पिता ट्रेन में बैठ गए।

ट्रेन चली। मीरा खिड़की से झाँक रही थी हाथ हिलाते हुए, आँखों में नमी लिए, पर मुस्कराते हुए। यह सिर्फ विदाई नहीं थी, यह एक युग की समाप्ति और नये युग की शुरुआत थी।

मीरा अब एक नई यात्रा पर थी जहाँ वह सिर्फ न्याय की प्रतीक नहीं थी, बल्कि उन लाखों लड़कियों के लिए उम्मीद की रौशनी बन चुकी थी जिनकी आवाजें अक्सर समय और समाज की दीवारों में दब जाती हैं। अब वह कमजोर नहीं थी, अब वह न्याय की मूर्ति थी और दिल्ली उसके स्वागत को तैयार थी। और धन्य है वो संविधान के सिपाही जिन्होंने उसे गगन की ऊंचाइयों तक पहुंचाया।

www.ingramcontent.com/pod-product-compliance
Lightning Source LLC
LaVergne TN
LVHW060301051026
849517LV00003B/911